お気楽領主の
okiraku ryousyu no tanoshii ryouchibouei
楽しい
領地防衛
～生産系魔術で名もなき村を
最強の城塞都市に～
6
Sou Akaike
赤池宗
illustration 転

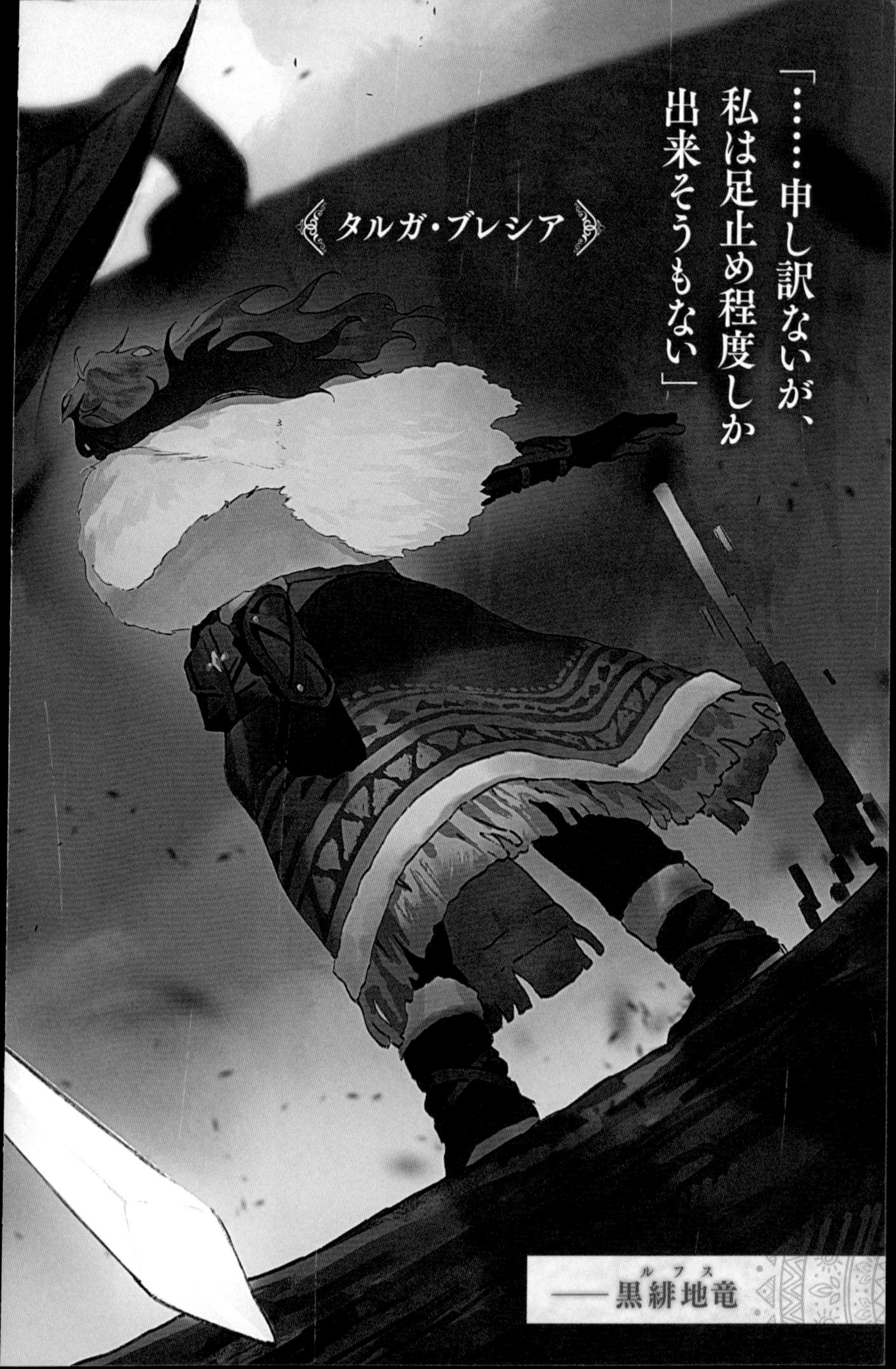
「……申し訳ないが、私は足止め程度しか出来そうもない」
《タルガ・ブレシア》
——黒緋地竜《ルフス》

「構いません。翻弄し、
片目を潰してきましょう」
ストラダーレ

「個人的には、我がセアト村騎士団最強戦力の一つと思っていますからね」
「……アルテ嬢が変わったとは思っていたが、こういう方向に変わっているとは……」
?!

6

赤池宗 illustration 転

Sou Akaike

お気楽領主の楽しい領地防衛

okiraku ryousyu no tanoshii ryouchibouei

〜生産系魔術で名もなき村を最強の城塞都市に〜

Contents

★
Fun territory defense by the
OPTIMISTIC LORD
★

序章 戦争の行方

「ようこそ、アポロさん」

両手を挙げて名前を呼び、歓迎の意を伝える。すると、扉を開けて早足で入ってきたアポロが目を瞬かせて僕を見る。その表情は驚いたというより、何かを察しての苦笑という雰囲気だ。

僅かに乱れていた衣服を整えて軽く息を吐いたアポロは、執務机の前に来て僕を見た。

「お久しぶりですね、ヴァン様。皆様もお元気そうで何よりです。まずは、事前の連絡もなく面会をお願いしたことを謝罪させていただきます。それほど急ぎの内容だと思って駆け付けたのですが、どうやら取り越し苦労だったようですね」

微笑を浮かべつつ、アポロはそう口にして会釈をした。それに僕の後ろに立つカムシンやティル、アルテが会釈を返した。そして、アポロは机の上に広げられた地図を眺める。恐らく、イェリネッタ王国の動向について何か情報を摑《つか》んだのだろう。慌てて駆け付けたということは、イェリネッタが予想外の行動に出ている、ということに違いない。

最も直接的な影響が出るのは、セアト村に攻め込まれるという展開だが、それは何となく無さそうな気がする。

「やっぱり、正攻法ではこなかったってことかな？　イェリネッタ王国はどっちを選択したんですか？」

イェリネッタ王国の戦略を読み切れなかった僕は、曖昧にぼかしつつアポロに尋ねることにした。自信満々で推測して外すと恥ずかしい。そんな感情からの質問である。しかし、アポロは感心したように何度か頷《うなず》いていた。

「……流石《さすが》はヴァン様。イェリネッタ王国の視点から行動を予測していたのですね。結果ですが、イェリネッタ王国は他国を利用するという手段を選択したようです」

「え？」

思わず聞き返しながら地図に視線を落とす。釣られるように、後ろで立っていたアルテ達《たち》も顔を出して地図を見下ろした。

イェリネッタ王国とスクーデリア王国に隣接する国と言えば、シェルビア連合国だけである。

「シェルビア連合国はどんな国でしょうか？」

後ろから見ていたティルがそんな質問を口にする。アポロは商人ではあるが、商業ギルドという大手ギルドから来た来客である。その人物を前に雑談のようなノリで質問を口にするティルに、アポロは笑って頷いた。

「シェルビア連合国は少々珍しい国で、元々は二つの小国が近隣の脅威に対抗する為《ため》に併合して出来た国です。その名残か、東側と西側で文化が異なるという特色があります。そういった背景から、王政ではなく東西でそれぞれ代表者がおり、その代表者が交代で国を治めるという形をとっています」

簡単にシェルビア連合国の説明をするアポロ。それにティルは何かに気が付いたのか、困ったように笑いながら小さく会釈をした。

「あ、申し訳ありません。お茶も出さずに……」

と、ティルは照れながら己のミスを恥じる。他にも色々とあっただろうが、ティルが一番気になったのはそこだったようだ。ティータイム好きなティルの主観が多く混じった言葉に、僕も思わず笑いながら同意する。

「ティルのお茶は美味《おい》しいからね。あ、お菓子もお願いするよ！」

「はい、すぐに準備しますね」

そう言って、嬉《うれ》しそうに軽い足取りで部屋を出ていくティル。それを見送ってから、アポロに対して口を開いた。

「それで、アポロさんはシェルビア連合国の東側と西側、どちらがイェリネッタ王国に協力していると思いますか？」

質問すると、アポロは表情を引き締めて声のトーンを落とす。

「東側です」

そう断言されて、なるほどと頷いた。

「でも、シェルビア連合国はスクーデリア王国と同盟を結んでいるよね？」

答えは分かっているが、一応その事実を確認する。それにアポロは表情も変えずに口を開いた。

「シェルビア連合国は一つの国になる前は西側がスクーデリア王国と同盟を結んでいました。それは今でもそのままとなっています。一方で、東側が結んでいたイェリネッタ王国との同盟もそのままでした。結果、今回の本格的な戦争を受けてシェルビア連合国の内部では、東西それぞれの有力な貴族が睨《にら》み合っているような状態となっています」

その言葉に後ろでカムシンが驚いて息を呑《の》む気配がした。まぁ、周囲の状況を考えると確かにと思える内容だ。イェリネッタ王国があまりにもこちらとの情報戦に勝ち過ぎていた為、スクーデリア王国の貴族か、もしくは行商人、冒険者などのスパイを疑っていた。

勿論《もちろん》、他国の介入も含めて、である。

そういったこともあり、アポロの言葉にそこまで驚かなくて済んだ。いや、ちょっとは驚いたけど、そんなに驚かなくて良かった。本当である。

「おほん」

そんなことを考えつつ咳払《せきばら》いをして、地図に目を向けた。

「それなら、こちらに協力的な勢力の方が立場が弱くなっちゃってるのかな？　いや、あの新兵器を見て、単純にイェリネッタ王国が勝つ可能性が高いと判断したのか。まぁ、それに関しては仕方がないかな」

そう言って溜《た》め息《いき》を吐《つ》くと、カムシンが憤りを隠さずに唸《うな》る。

「……しかし、同盟を結んでいる相手を見捨てるような行動はダメだと思います」

静かに怒るカムシン。その真っすぐな意見に苦笑しつつ、これまで黙って話を聞いていたアルテに話を振ってみる。

「もし、アルテがシェルビア連合国の代表者だとしたら、どうするかな？　ちなみに、僕がスクーデリア王国にいない状態だと思って考えてね」

そんな問いかけをすると、アルテは少し慌てつつも「むむむ」と可愛《かわい》らしく考え込む。

「……そ、そうですね。ヴァン様がいないなら、イェリネッタ王国の方が強いと感じて協力するかもしれないです。その、イェリネッタ王国の黒色玉を見て、もしシェルビア連合国が狙われたら、と思ってしまうかも……」

と、アルテは申し訳なさそうに、しかしきちんと政治的な考え方で意見を口にした。やはり、アルテは頭の回転が速い。戦争が周囲に与える影響なども考えている。そういった視点や考え方を習っていないはずだが、どうやって養ったのだろうか。

少し不思議に思いつつ、アルテの言葉に同意して解説することにした。

「そうだね。周りに強大な国が現れたら侵略されないように色々と考えないといけない。対抗するだけの力を持つことが出来れば良いけど、無理ならどうにか味方につける必要がある……つまり、シェルビア連合国はスクーデリア王国よりイェリネッタ王国の方が強くて危険だと考えたんだろうね。本来なら東西それぞれでどちらの国に味方するか内部で揉《も》めるところだけど、スクーデリア王国側の貴族達も単純にスクーデリア王国につくことが出来なかったのかな」

そう言って地図の上に人差し指を置き、シェルビアとイェリネッタの国境辺りを指し示す。その言葉に頷き、アポロが深刻な顔をする。

「それでも本来なら幾人かの貴族はスクーデリア王国側についてもおかしくありません。もしかしたら、それらの情報を誰かが握っているかも、と……」

呟《つぶや》き、アポロはこちらの様子を窺《うかが》うような仕草で顔を上げた。

「……もしそうなら、十中八九その情報を握っている貴族はシェルビア連合国との国境付近に領地を持つ方」

言いながら、アポロは地図の一点を指差す。シェルビア連合国の西側でありスクーデリア王国との国境にあたる地点だ。その場所を見て、思わず誰もが口籠る。

その時、お茶とお菓子を配膳台に載せてティルが部屋に戻ってきた。

「美味しいお茶が入りました！　ささ、どうぞー」

そう言ってティルはテーブルにお茶やお菓子を並べていき、最後に僕の方へ来て皆が地図を見つめていることに気が付き、口を開く。

「あ、フェルティオ侯爵領ですね。そんな端の方に、何かありましたっけ？」

ティルはあっけらかんとそう口にして首を傾けた。


地図から指を離したアポロが、なんと答えるべきか分からずにこちらに顔を向けた。それにふっと息を漏らすように笑い、シェルビア連合国の首都を指差して口を開く。

「どうやら、イェリネッタ王国とシェルビア連合国が手を組んでスクーデリア王国と戦おうとしている感じなんだよね。それで、本当ならフェルティオ侯爵家から情報が流れてきてもおかしくないんだけど、そんなこともなく……って話をしてたんだ」

裏切りとは明言せずにそう答えると、ティルは生返事をしながらもう一度地図を見下ろした。

「なるほどー……あ、お茶菓子としてクッキーを焼きました。焼きたては美味しいですよ」

と、ティルは途中まで真面目な顔で頷いていたのだが、どうやらあまり興味を引かれなかったのか、すぐにお菓子の話題へと移行した。

それには緊張感を滲《にじ》ませていたアポロ、アルテ、カムシンも思わず笑ってしまう。たったそれだけのことで場の空気が緩んだことに、ティルらしいなどと思いながらアポロに顔を向けた。

「さて、それでアポロさんとしてはどう思いますか？　我が父、ジャルパ侯爵が裏切ったのか。それともその派閥に属する別の貴族が裏切っているから情報戦で大きく差をつけられてしまっているのか」

雑談のようなノリでさらっとアポロにどう考えているのか尋ねてみる。すると、アポロは溜め息にも似た長い息を吐き、首を左右に振った。

「……申し訳ありませんが分かりかねます。もし危惧している通りにフェルティオ侯爵領で情報が止まってしまっているのなら、恐らくフェルティオ侯爵家当主ほどの影響力が無ければ、これほど重要な情報を完全に押しとどめることは出来ないでしょう。しかし、以前あったスクデット防衛戦でフェルティオ侯爵はかなりの被害、損害を出しながらも最後まで参戦しています。そして、無事にスクデット奪還及びイェリネッタ王国の王族を捕虜として捕えていますよね。これは、イェリネッタ王国に与《くみ》しているなら、何かしらの妨害をしてもおかしくないと思っております」

「つまり、情報規制をかけるならフェルティオ家の当主ぐらいでないと出来ないが、当のジャルパ侯爵が裏切っているとは思えない行動をしているってところだね。まぁ、それは間違いないと思う。だって、イェリネッタ王国の新兵器を完封したのを実際に見ているからね。それに、以前捕えたウニモグって王子様は物凄《ものすご》く簡単に情報を教えてくれたから、スクデット侵攻時のイェリネッタの戦略は大体摑めていたんだ。だから、シェルビア連合国と協力しあって行動に移すと決めたのはつい最近だろうし、その情報が入ったとしてもそんなに時間は経《た》ってないとは思う」

若干予測が難しい部分をぼかしながら自身の考えを伝えると、アポロはなるほどと頷く。しかし、アポロのようにはいかなかったのか、カムシンが物凄く難しい顔をして地図を睨んでいたので、簡単に結論を伝えることにした。

まず、イェリネッタ王国を指差してから口を開く。

「推測でしかないけど、今の状況を整理すると……黒色玉と大砲を手にしたイェリネッタ王国は、当初は一国でスクーデリア王国を占領するつもりで動いていたけど、思った通りにならなかったので、急遽《きゅうきょ》作戦を変更する必要に迫られた。結果、確実にスクーデリア王国を打ち倒す為にシェルビア連合国に脅迫まがいの協力依頼をした。これに元からイェリネッタ王国寄りの東側は即座に同意。シェルビア連合国の今の代表は東側から選出されてるから、国としての方針はイェリネッタ王国に協力することで決定している」

言いながら、地図を指し示す指を横に滑らせていき、シェルビア連合国を介してフェルティオ侯爵領にまで指先を動かした。

「一方で、元々スクーデリア王国寄りの西側は反発し、スクーデリア王国が勝った場合を考慮してフェルティオ侯爵と内通することを選択した。もちろん、国の方針に真っ向から逆らってスクーデリア王国とともにイェリネッタ王国に攻め込むなんてことは出来ないから、イェリネッタ王国がどのように動いているか情報を流すくらいだろう。そうなると、フェルティオ侯爵がその情報を我が国王陛下に報告しなかった点が気になる」

そこまで言って周りを見ると、皆が真剣な顔で僕の話を聞いていた。ちゃんと分かっているのか不明だが、ティルまで真剣な顔でお茶を飲んでいる。いや、お茶を飲んでいる段階で話半分に聞いている気もするが、ティルにしては「真剣ですよ」という雰囲気を発している。

推測だからね、推測。あくまでも僕の想像力を駆使した状況把握でしかないんだからね。

そんなことを思いつつ、続きを話すべく口を開く。

「ここからは更に不確かな予測、想像でしかないけれど、僕の父であるジャルパ・ブル・アティ・フェルティオという人物の性格を考えると、恐らく、我が父はスクデットの陥落から奪還、イェリネッタ王国への侵攻作戦までの戦いの数々で、自分自身が窮地に立たされていると思っている。これまでどんどん権力を増してきていたジャルパ侯爵は、大きな失態をしてしまったと感じているのかもしれない。そうなると、ジャルパ侯爵はどういう行動に出るか」

そこで言葉を切って一旦セアト村付近を指し示した。

「ちなみに、今回フェルティオ侯爵家から騎士団らしき集団を率いて現れたのは、我が兄であるヤルドとセストの二人だった。つまり、この大事な一戦でジャルパ侯爵も主力となるフェルティオ家騎士団もセアト村には来ていない」

そう告げると、アルテが「あっ」と声を発した。

「何か思いついた？」

アルテが何を考えたのか答えるように促す。それにアルテはまごまごしながらも答えた。

「そ、その……前回のフェルディナット伯爵家も同様の状態だったのでそう感じたのかもしれませんが、もしかして、ジャルパ様はフェルティオ侯爵家の力でシェルビア連合国を抑え込もうとしているのでは……？」

その言葉に、アポロが驚いて目を丸くする。

「……ヴァン様はもちろん御歳《おとし》に合わぬ考え方をされる方だと思っておりましたが、奥方のアルテ様も想像以上に聡明《そうめい》な方ですね」

「あ、そ、その、まだお、奥方では……」

アポロの言葉にアルテは顔を真っ赤にしながら両手を左右に振る。その様子にほっこりした様子で、ティルがお菓子を口にした。

「私としてはもうアルテ様を奥方様と思って接しさせていただいていますよ？」

「い、いえ、そんな、ティルさんまで……！」

二人の会話を聞いて笑いつつ、アポロに対して口を開く。

「さて、さっきの話の続きだけど、どちらにしてもシェルビア連合国が動くとしたらフェルティオ侯爵領が関係してくるだろうし、どうにかした方が良いよね。運が良いのか悪いのか、シェルビア連合国側とはいえここはフェルティオ侯爵領の端っこにあるわけだし、目的地は近い。何かあったら困るし、様子を見に行こうか」

仕方なく、そう言って立ち上がる。

「カムシン、エスパーダを呼んでくれるかな。ちょっと二、三ヶ月くらい出かけてくるよ」


【ムルシア】

生来、慎重過ぎる性格だった。それを父に叱られることも多々あり、自分のそういった性格が好きになれなかった。

だが、ヴァンに突如として城主を任され、さらに国王陛下も参戦される大事な戦いの場で守りの指揮を任されてしまった。今すぐにでも逃げ出したくなるような重圧だ。これまでで最も不安になる状況だが、逃げるわけにはいかない。

せめて、イェリネッタ王国が猛攻を仕掛けてこないでくれたら有難い。そう思っていたのだが、その願いが通じたのか。イェリネッタ王国は短期決戦を挑むようなこともなく、不思議な戦術をとってきた。

「来たぞ！」

ディーの怒鳴り声が響き、数秒後には地面を揺らす衝撃と爆発音が響き渡る。そのすぐ後にベンチュリーやパナメラといった四元素魔術を扱う貴族が大声で指示を出した。

「魔術師隊、反撃だ！」

「私が先に攻撃する！　届くと思う者は順次放て！」

「はっ！」

ベンチュリーが指示を出し、パナメラが先行して火の魔術を放つ。それに続いて氷、風、土の魔術が乱れ飛んだ。十数にも及ぶ魔術の攻撃。それらが次々とこの城塞都市を攻撃した一団のもとへと向かう。

大砲。ヴァンが教えてくれたイェリネッタ王国の最新兵器。この脅威は一流の四元素魔術師に匹敵する。いや、使い方によってはそれ以上かもしれない。

轟音《ごうおん》が聞こえたと思ったら、魔術が届くかどうかという距離にある城壁が音を立てて砕け散る。目で追えないほどの高速で飛来する鉄球は、ヴァンの築いた城壁ですら数回で崩してしまうのだ。

通常のやり方で補修した城壁は、要所に当たれば一撃で破壊されてしまう。一流の四元素魔術師は貴重な上に、その技量を得るまでに長い年月が必要になることを考えると、大砲という兵器の方が有用なのかもしれない。

その証拠に、大砲を持つ一団を何度も追い払う内に、徐々に陛下の表情は曇っていった。

「……陛下。イェリネッタ王国軍は撤退を開始した模様です」

ベンチュリーがそう報告すると、陛下は浅く頷く。

「……ふむ。やはり、全軍で進軍するべきか？　しかし、あの大砲とやらが待ち構えていた場合は地形によっては大きな被害を受けるだろうな」

自問自答するように口の中で呟き、陛下は顔を上げてベンチュリー達を見た。

「貴殿らの意見を聞こう。イェリネッタはどうも時間稼ぎをしているように見えるが、狙いは何か。時間稼ぎをしているのだとしたら、時間を得ることで奴《やつ》らにどんな利益が生まれる」

陛下が低い声でそう口にすると、ベンチュリー達は思案した後、各々考えを述べた。

「……もしかすると、あの大砲を大量に生産しておるのやもしれませぬ」

ベンチュリーが答える。それに、陛下は眉根を寄せて首を傾《かし》げた。

「中央大陸から手に入れている代物だという話だったが、自ら作り出す目途が立った……もしくは既に生産に至ったということか？　もしそうなら時間を与えれば与えるほど我が国は不利になる。しかし、そう簡単に開発出来るとも思えんがな」

ベンチュリーの意見を聞いて危険性を理解しつつも、実際に起こりえるかには疑問を呈する陛下。それに他の貴族達は尻込みしたようだが、陛下が視線を向けると慌てて口を開いた。

「こちらで我らを釘付《くぎづ》けにして、海岸側より侵攻するつもりやもしれませぬ」

「いや、もしかしたら改めてスクデットを奪いに……」

「馬鹿を言うな。そもそもこの地を奪還しなければ不可能だ」

陛下から聞かれる前に、自ら意見を口にする貴族達。その議論の様子を暫《しば》く眺めていた陛下だったが、あまり関心を引く内容は無かったらしく、面白くなさそうにパナメラを見た。

「……先ほどから黙っておるが、何か意見はないのか。パナメラ子爵」

陛下がそう呟くと、皆の視線がパナメラへと向いた。私なら、それだけで声が震えそうなものだ。しかし、パナメラは不敵な笑みを浮かべると堂々とした様子で口を開いた。

「イェリネッタ王国の動向については、先日から私も考えておりました。想定されるのは三つ。イェリネッタ王国に援軍や新たな兵器が導入される。もしくは、別の地点から我が国への進軍。最後に、他国と同盟軍を作る、というところですね」

その言葉に、何人かの貴族がざわめいた。逆に、陛下は落ち着いた様子で浅く頷き、突然こちらに振り向く。何かあったかと思って身構えていると、口の端を片方上げて陛下が口を開いた。

「同盟軍か。それは脅威となるだろうな。ムルシア、貴公の意見も聞いておこう」

陛下がぽつりとそう口にして、皆の目がこちらに向く。パナメラも横顔をこちらに向けて私の顔を観察するように見た。

皆の視線を全身で感じながら、必死に頭の中で自分なりの考えをまとめる。だが、生来の性格が災いしてか、どうあっても最悪の事態しか思い浮かばなかった。どちらにしても、沈黙しているわけにはいかない。

「……その、浅慮ながら、同盟軍が結成されてしまった場合、最も脅威となるのは多方面からの侵攻だと愚考いたします。これまでは、精強なる我がスクーデリア王国の国境を守る騎士団が長期間の防衛を可能にしていた為、たとえ二国から攻め込まれたとしても対処することが出来ていました。しかし、イェリネッタ王国が同盟を結ぶ相手にも黒色玉などを供給した場合、状況は変わるのではないでしょうか……さらに、今はこの、じょ、城塞都市ムルシアに、戦力の大半が揃《そろ》っております。

我々をここに釘付けにして、近隣の国を動かす……それこそ、シェルビア連合国がフェルティオ侯爵家の領土から侵攻する、などということも……」

自分の思い浮かぶ最悪の展開を想像しながら、自身の考えを述べる。

「……なるほど。確かに、スクーデリアからもイェリネッタからも一段落ちると決めつけてしまっていたが、シェルビアも黒色玉や大砲を手にしたら十分敵になり得るな。では、どうしたら良いと思う？　この場に最低限の人数を残し、セアト村に戻るべきだと思うか？」

試すような言い方だった。陛下のその質問に背筋を伸ばして答える。

「は、はい……現状、どれが正解かは判断出来ません。この場にいる騎士団の数が減れば侵攻作戦は立ち行かなくなる恐れもあります。ここは護衛が可能な騎士団一隊をセアト村までお遣わしになり、ヴァン男爵をフェルティオ侯爵領へ赴かせるのが一番かと……」

そう告げると、陛下は自らの顎を指でさすり、笑みを深めた。

「ほう？　ヴァン男爵ならば、黒色玉と大砲を備えたシェルビア連合国軍をどうにか出来る、ということか。信頼しているようだな」

と、陛下は笑う。その言葉には、考えるよりも早く口が開いた。

「もちろんです。二国が同盟軍を作って攻めてきたとしても、ヴァンならば防いでみせるでしょう」

確かな確信をもって、そう答える。途端、陛下は声を出して笑った。

「はっはっは！　そうか。それほど自信があるならば貴様の言う通りにしてやろう！　ヴァン男爵に同行するのは同盟を結んでいるパナメラ子爵に頼もうかと思うが、どうだ?」

「承知いたしました」

陛下が私なんかの考えを認めてくださった上、即座に行動に移された。少し前ならばとても信じられないような状況だ。まるで、この会議の中心が自分になったかのような錯覚を受ける。気持ちがふわふわして落ち着かないでいると、ヴァンのもとへ向かうように言われたパナメラがこちらに振り返っていた。

「……少々、ムルシア殿を侮っていたようだ。自分がいる戦場以外の場所に意識を向け、相手の動きを予測するのは指揮官として必要な技能だからな。ムルシア殿も才がおありのようだ」

パナメラが微笑《ほほえ》みを浮かべながらそんなことを言い、急に気恥ずかしくなって頭を下げる。爵位もない自分が偉そうに発言してしまい、不愉快に思われていないだろうか。そんな心配が頭を過《よぎ》った。しかし、陛下は上機嫌に頷くと、すぐに皆に今後の方針について話し出したのだった。

ささて、色々と準備をして快適な旅にしなくてはならない。フェルティオ侯爵領の領都まで大人数で移動となると三週間はかかる。さらに、そこからシェルビアとの国境まで移動となると三週間追加だ。片道一ヶ月から一ヶ月半の旅路となると中々しんどい。

なので、ヴァン君特製の豪華な馬車を作ることにした。モデルにしたのは前世の地球で流行《はや》った超高級観光列車『シチセイ』である。ちなみに乗ったことは無い。乗ってみたいなぁと思いながらインターネットで画像を見たりしていたくらいである。

そんな曖昧なイメージのもと、超高級馬車『カリナン』の制作にとりかかる。ウッドブロック製の骨格はこれまでの馬車と変わらないが、内装は褐色の木材で天井、壁、床の雰囲気を統一し、扉や窓枠には金の装飾を施す。ベッドに出来る座面の深い椅子のクッション部分は黒い魔獣の革を使って高級感を際立たせている。ちなみに窓には木製ブラインドを取り付け、美しい装飾のランプも設置した。

ぱっと見ただけでも王族が使うような豪華《ごうか》絢爛《けんらん》な内装だ。さらに、馬車の外も装飾に拘《こだわ》っている。黒塗りの下地に金細工で装飾をして控えめながらも高級感はしっかり出せているはずだ。

その証拠に、出来たばかりの馬車を見てアポロが感嘆の声を上げたくらいだ。

「おお！　今から馬車を作ると聞いて内心焦っておりましたが、まさかこれほどの馬車を一日で作られるとは！」

　アポロはそんな感想を口にしながら馬車の周りを躍るように歩き回った。

　世界最大のギルドである商業ギルドの一員であり、各国を見て回っているであろうアポロが驚くならかなり出来が良いはずである。個人的にも良く出来たと思っているのでご機嫌さんで返事をした。

「けっこう拘って時間が掛かっちゃいましたけどね。でも、乗り心地も凄《すご》く良いと思いますよ」

「いえ、驚くほど早い完成でしたが……」

　アポロは若干呆《あき》れながらそう言って馬車の車輪や車体の造りを確認するように眺める。強固な車体や衝撃吸収用のバネ、内装などを食い入るように観察している。生粋の商人ということもあり、これがいくらで売れるのかと頭を働かせているのかもしれない。

　そんなことを思っていると、色々と準備を進めていたロウが戻ってきた。

「ヴァン様！　御着替《おきが》えと保存食、各種調味料の準備が出来ました！」

「うん、ありがとう！」

　どうやら、長期間の旅路で最も重要なものが揃《そろ》ったらしい。荷馬車を何台も引き連れたロウに感謝の言葉を告げた。カムシンやティルが素早く荷馬車に大量に積まれた荷の確認に向かい、その量に驚く。

「凄い量ですね」

「あ、調味料もたくさん！　これなら普段通りの料理が出来そうです！」

カムシンとティルが爪先立ちで荷馬車の荷台に上半身を乗せ、声を上げている。その後ろ姿にアルテが口元に片手を当てつつ、小さく笑い声を上げて口を開いた。

「本来なら大変な道のりでしょうが、ヴァン様のお陰で快適に過ごせそうです」

「そうだね。辺境とはいえ、スクーデリア王国内の街道に沿って移動するから、危険も少ないだろうしね」

アルテにそう答えつつ、実は内心では少し不安な部分もあった。なにせ、今回は少数での移動である。そもそも、ディーとアーブが長期間近くにいないことがなかった上に、エスパーダもセアト村に残さなければならない。セアト村騎士団の大半の団員も村防衛の為《ため》に残すことになる。

つまり、ロウ、アルテ、カムシン、ティルと機械弓部隊の精鋭のみを連れて少数で移動するのだ。フェルディナット伯爵領が襲撃されたように、別の場所から侵攻してくる可能性が無いとは言い切れない。

いや、冷静に考えれば自らの懐に城塞都市を築かれ、いつ王都まで進軍してくるかという状況なのに下手な場所から攻めてくるとは思えないのだが、何となく少人数での移動は不安になってしまう。

まぁ、一番最初にセアト村に来た頃に比べれば遥《はる》かに良い境遇なのだが、すっかり普段の生活に慣れすぎてしまったのかもしれない。

「……さて、これで今日中に準備は出来るだろうから、明日の朝にでも出発しようかな。皆、忘れ物は無い？」

アルテやカムシン、ティルに向けてそう声を掛けると、ハッとした顔でティルがこちらに振り返った。

「あ！　そういえば、アプカルルの皆さんとドワーフの皆さんがヴァン様がしばらく不在だと聞いて面会を希望されていました！」

「え？　もう三日くらい前から言ってたのに？」

「……確か、一昨日そんな話を小耳に……」

「挟んだんだね、小耳に」

どうやら報告を忘れていた様子のティルに苦笑しながら返事をすると、ティルは「えへへ」と笑って誤魔化したのだった。


夕方、ティルに報告を受けたので早速アプカルル達《たち》のもとへ向かった。

「ヴァンよ。戦に出ると聞いた」

「武運を祈り、この石を授ける」

アプカルルの族長であるラダヴェスタとアフトバースが厳《いか》めしい顔でそう言って、何かの鉱石を差し出してくる。いつもより大きく、色が濃い鉱石である。

「あれ？　これって……」

これまでに二回似たような鉱石をもらったが、色と質感からすると例の伝説とまで謳《うた》われたあの希少金属ではなかろうか。そう思って二人を見ると、深い首肯が返ってきた。

「これは我らでも中々見ることが出来ない石である」

「最近は我らも人間に倣ってオリハルコンと呼ぶようにした」

そう言われて、内心で小躍りしながらも恭しく受け取る。

「ありがとう。大切に使うよ」

答えながらオリハルコンの原石を受け取った。ずしりと重い、大きな塊だ。

これで、あの計画が一歩前進する。

そう。勇者の装備一式の作製である。つい最近、オルト達がミスリルの装備一式をついにコンプリートしたのだが、統一感があるせいか、王家の近衛兵《このえへい》と並んでも全く見劣りしないほどだった。

これは、ディーやカムシンの装備をオリハルコンで揃えたら、凄いのでは？

そんな安易な発想のもと、オリハルコンが手に入らないか画策していたのである。

一先《ひとま》ず、オリハルコンを領主の館に保管しようとウキウキしながら移動していると、次に会いに行こうと思っていたドワーフ達に偶然遭遇した。

先頭に立つハベルがこちらに気が付くと上機嫌な様子で片手を上げて口を開き、そのまま固まった。

「おっと……なんだ、なんだ！」

「ハベル！　何を立ち止まっておる！」

ハベルが立ち止まると、後ろに並んでいたドワーフの仲間達が大声で怒鳴る。そして、僕がいることに気が付き、笑顔で片手を上げて口を開き、そのまま固まった。

皆揃って似たような格好で固まったのを見て、ティルが噴き出す。

「ハベルさん達、石像みたいになってます」

その声に反応したのか、ハベル達は再起動した。そして、鬼のような形相でカムシンが持つオリハルコンの鉱石を凝視する。

「お、おお、おおぉい!?」

「そ、そりゃあ、お、オリハルコン鉱石じゃねぇか!?」

「しかも見たこともねぇデカさだ……!」

一気に騒がしくなるハベル達。これはマズい。

「カムシン、隠して!」

「は、はいっ!」

「いや、もう遅過ぎるわい!」

「ヴァン様！　俺達に預けてくれ！」

「オリハルコンの全身鎧《フルアーマー》を作れるぞ！」

「うおぉぉっ！」

まだ渡すとも言ってないのにお祭り騒ぎとなっているドワーフ達。

「い、いやいや、まだすぐに加工しようとは思ってなくて……」

その勢いに押されながらも何とか抵抗を試みる。しかし、すでにトランス状態になっているハベル達には聞こえもしない。

「よぉし！　そんじゃあ早速持って帰って炉を整えるぞ！」

「いつものミスリルとは違うからな！　どんどん高温にしなきゃなんねぇぞ！」

「おうよ！　こっから一週間は炉から離れられねぇ！　食いもん仕入れとけ！」

ワーワーと大騒ぎするハベル達に、通りがかった人々も何事かと集まりだした。

「ちょ、ちょっと待って！　これは一度、領主の館に保管をする予定で……」

「保管だぁあ!?　金なんかいらねぇんだぞ!?　俺の名にかけて最高の鎧《よろい》を作ってやる！」

「オリハルコン製のドワーフの武具っていやぁ大国でも持ってねぇ代物だぞ!?」

「た、頼む！　俺達にそれをくれ！　なんなら俺達が金を払う！」

僕が渡さないと口にすると、ドワーフ達は血相を変えてそんなことを言い出した。大国でも持ってないオリハルコンの武具を金を払うから作らせてくれというのも変な気がするが。

とりあえず、僕は自分で作りたいと思っていたので否定しようとした。しかし、そこで観衆の声が聞こえてくる。

「おい、オリハルコンだとよ」

「大国でも持ってないようなもの、ヴァン様の為に作らせてくれって言ってるぞ」

「あの頑固なドワーフ達が？」

ハベル達の声が無駄に大きい為、会話の内容は観衆に筒抜けだった。ざわざわと騒がしくなってきた上に、ドワーフが自らオリハルコンの武具を作りたいと言ったというのは、間違いなくセアト村の外にまで広まるような噂《うわさ》になるだろう。

こうなったら、逆にそれを利用するしかない。

「……はぁ、分かったよ。それじゃあ、僕の作ったミスリルの刀よりも斬れ味がある刀を作れたら、その技術を認めてオリハルコンを打たせてあげようかな」

わざと溜《た》め息《いき》を吐《つ》いてから苦笑し、オリハルコンを打つ条件を言い渡す。すると、ハベル達はぐっと歯を食いしばるような顔で一歩後ずさった。その様子に、最近セアト村に来た住民が首を傾《かし》げる。

「ヴァン様の武器は凄いって聞くけど、ドワーフ達の作る武器より上なのか？」

「まさか、そんなことはないだろう」

そんな声が聞こえたが、その近くにいた古参の村人が腕を組んで不敵な笑みを浮かべ、否定の言葉を口にした。

「知らないのか？　ヴァン様の武器はドワーフの武器と比べても優れているって話だぞ。特に、切れ味だけに絞れば遥かに上だってよ」

「ああ。ディー様や冒険者の人達も言っていたな」

と、解説が入る。その言葉を聞こえないふりをしながら聞き、頭を働かせる。これは、とても良い後押しである。内心ほくそ笑みながら、困ったように肩を竦《すく》めて口を開く。

「仕方ない。それじゃあ、ディーが納得出来るだけのミスリルの鎧を作ってくれたら、オリハルコンの鎧の制作許可を出そうかな。ただ、出来上がった鎧はディーの鎧となるので、最前線で使われてしまうけど」

「うむ！　それならなんとかなるわい！」

「おお！　出来上がったもんを飾られたら意味がないわい！」

「使ってもらわなドワーフの武具の凄さが分からんじゃろうが！」

条件を緩和した途端、ハベル達はテンションを上げて笑い出した。どうやら、防具については自信があるらしい。いや、単純に僕が作った刀に勝つ自信がないのか。

どちらにしても、斬撃や衝撃を受けたりする防具に関しては僕もまだまだ研究中だ。鉄でもミスリルでも、純粋な金属にするよりも他の金属を混ぜ込んで合金とした方が強い鎧となることもある。別にステンレスを作ろうなどとは思っていないので、そこまで研究は出来ていない。その為、僕が純粋な金属や適当な合金を作るよりもドワーフ達の方がバランスの良い金属で鎧を作ってくれる可能性もある。

それらのことを考慮して、前向きにハベル達にオリハルコンの鎧の発注をしようと決めた。

「それじゃあ、ミスリルの鎧を楽しみにしてるね。多分、三ヶ月後には帰ってくるから」

「おお！　任せとけぃ！」

期限を決めてお願いすると、ハベル達は腕を曲げて力こぶを作りながら力強く返事をする。そして、すぐさまもと来た道を戻るように踵《きびす》を返した。

「おう、野郎ども！　急いで鎧造りだ！」

「おお！　ちょうど良いことに俺が世界最強の鎧を思いついたばかりだ！」

「嘘吐《うそつ》け、この野郎！　お前よか俺の方が腕も頭も良いだろうが！」

と、ハベル達は周囲から集まる注目など一切気にせずに大騒ぎしながら自らの鍛冶場へと戻っていったのだった。

まったく、ドワーフらしい強引さと鍛冶への執念である。一応、旅に出ることは伝えられたので当初の目的は果たせたとしようか。

ちなみに後日、予定通りドワーフがオリハルコンの鎧をプレゼントすると言っていたと噂になり、セアト村の知名度はまた少し上がったようだった。


「ヴァン様、準備が完了しました」

カムシンがそう言って胸を張った。その姿はたまにしか見られないヴァン特製の全身鎧姿だ。まぁ、身体《からだ》の出来上がっていないカムシンの為に魔獣の革を組み合わせた軽量の全身鎧だが、それでも素材が良いので相当な防御力を発揮するはずだ。

さらに、腰にはミスリルの刀が下げられている。個人的には連射式機械弓を持っていた方が良いのではとも思うが、カムシンは刀を片時も放そうとはしなかった。

一方、ティルは遥か昔に渡したヴァン君特製の斧《おの》を物置にしまい込み、抱えるようにして連射式機械弓を持っている。格好はメイド服のままなので、単純に護身用アイテムといった感じだ。ちなみにヴァン君の作った斧をどうしたのか確認すると、家宝として自室に飾っていると言っていた。実際には自室の押し入れ的な倉庫に死蔵されているのを僕は知っている。

そして、次がアルテだ。アルテはきちんと全力で戦える準備をしていた。得意の傀儡《かいらい》の魔術を生かすべく、二体のウッドブロック製人形を並べて座らせている。その装備は以前と同じくミスリル製であり、武器はハルバードと呼ばれる斧槍《ふそう》だ。

ディーくらいの豪傑でないと振れないような重量級の武器だが、アルテが操作する人形達は軽々と振り回してくれる。成竜《ドラゴン》クラスの大型魔獣を相手にしても対等に渡り合うことが出来る最高の戦力である。

ちなみにロウにはかなり前からミスリルと大型魔獣の革を使った鎧や小手、脚甲などを進呈している。結果、ロウも明らかにその辺の騎士団の団長よりも立派な見た目となっていた。そして、その背後には移動式バリスタも搭載した装甲馬車《ウォーワゴン》と機械弓部隊の十名が整列して立っている。

そんな素晴らしい仲間達を見て、大きく頷《うなず》く。

「うん。これならイェリネッタ王国軍が現れても蹴散らせるね。一ヶ月半の旅程なんて全然怖くないよ」

そう告げると、皆が胸を張って頷き返してくれた。とはいえ、やはり不安はぬぐい切れていない。戦力はその辺の騎士団よりもずっと上だと確信しているが、大軍を相手にすれば数の暴力に圧《お》し潰されるだろう。

不安を見せるわけにもいかず、笑いながら遠くを見る。危ない旅にならないと良いなぁ。

そんなことを思っていると、馬に乗った騎士団員がこちらに向かってきた。

「門番より伝令です！　パナメラ子爵が帰還！　間もなくセアト村に到着するそうです！」

「え？」

伝令の言葉に、僕は思わず首を傾げたのだった。

【パナメラ】

「思ったよりもすぐに再会したな、少年！」

馬車から降りてすぐに、見慣れた面々の顔を眺めながらそう告げる。すると、中心に立つ少年、ヴァンが苦笑しながら頷いた。

「そうですね。思ったよりも、ずっと早かったです」

その言葉を聞いて、おや、と思う。

「早かった、か。やはり、少年も敵の動きを予測していたか？」

そう尋ねると、ヴァンは自分の後ろに立つ商人風の男を指し示して口を開いた。

「いえ、アポロさんの情報のお陰ですよ」

答えると、商人風の男が苦笑しながら首を左右に振る。それを横目に見つつ、少年の周りに立つ従者や部下の姿を確認する。その武具や鎧は明らかに激戦を想定した立派なものだ。

「なるほど。どうやら、もう準備も出来ているようだ。向かう先は？」

「一先ず、フェルティオ侯爵領、領主の居城を目指します。状況確認ですね」

「ふむ、分かりやすい。シンプルな考え方は嫌いではないぞ。ならば、私と私の騎士団も同行しよう。安全な旅を約束するぞ、少年」

笑いながらそう告げると、ヴァンは目を輝かせて微笑《ほほえ》んだ。

「本当ですか!? やったぁ！」

と、子供らしく喜ぶヴァン。その珍しい光景に微笑ましい気持ちになっていたが、そのまま眺めているわけにもいかない。

気持ちを切り替えて、ヴァン達を順番に眺めた。

「分かっているだろうが、今はイェリネッタ王国への侵攻作戦の最中だ。フェルティオ侯爵のもとに出来るだけ早く向かい、問題を解決する必要がある。我が騎士団の物資、食料の補充を手伝ってもらいたい。そして、明日の早朝にも出発するとしよう。異存はないな」

「はい、問題ありません。あ、そういえば最近は良い蒸留酒が出来たんですよ。ドワーフの皆さんにも好評でした」

「おお！　それは楽しみだな！　よし、荷台に積み込む前に味見だ、味見」

そんなやり取りをして笑い、領主の館へ案内してもらう。酒も楽しみだが、先に大浴場だ。セアト村を知ってしまってから、王族でも入れないような大浴場の魅力に取り憑《つ》かれてしまった。あの広々とした開放的な空間でゆったり湯に身を沈めるのは何ものにも代えがたい快楽である。

そっとヴァンの近くに立つアルテに歩み寄り、頭に手を置いて柔らかい髪を撫《な》でる。

「よし、アルテ嬢！　一緒に大浴場で湯を楽しむとしようか！」

「は、はい……えっ!?」

突然話を振られて驚くアルテに笑いながら、平和なセアト村の風景を楽しむ。やはり、この村は良い村だ。もし自分が領地を得たら、こんな雰囲気にしたいものである。


作ったばかりの高級馬車、カリナンの中、ゆったりとした空間と窓から見える街道の景色を楽しむ。赤みのある風合いの木材と、魔獣の革を使ったソファー。黄金の美しい装飾を施した窓枠とオイルランプは贅沢《ぜいたく》な空間を演出してくれている。

「いや、本当にいい加減にした方が良いぞ。少年？」

対面に座るパナメラが顔を引き攣《つ》らせてそんな言葉を呟《つぶや》く。何故《なぜ》か怒られてしまった。

「え？　馬車、気に入りませんでした？」

驚いて顔を上げると、パナメラは咎《とが》めるように目を細くして口を開く。

「気に入るとか、気に入らないじゃない。これだけ豪華な大型馬車、王族でも持っていないぞ。それを新興の男爵が持つなど、なんと言われるか」

呆れたような顔でそう言われて、苦笑とともに頷く。

「もちろん、この馬車を僕が独占するわけじゃないですよ」

そう言ってから、ティルを見る。

「紅茶とお菓子を用意してくれるかな？」

「はい！　すぐに準備しますね！」

お願いすると、ティルがすぐに立ち上がって壁面に取り付けている棚から真空二重構造になった水筒を取り出し、テーブルにティーカップを並べて紅茶を注いだ。出発から二時間は経過しているが、まだほのかに湯気が出ている。そして、木を材料にした紙で包んだ焼き菓子が盛り合わせられたバスケットを真ん中にそっと置く。

その様子を眺めてから、笑顔でティルにお礼を述べた。

「ありがとう」

「いえいえ！　あ、ちなみに私も一つ……」

「いいよ、食べて食べて」

そんな会話をして、上機嫌な様子のティルが一番に紙に包まれた洋菓子を手に取った。その様子に苦笑しつつ、パナメラにもどうぞとボディランゲージで伝える。それに、何故か厳めしい顔になりつつ、パナメラはカップを手に取って口に寄せた。

紅茶を口に含み、その香りと味を楽しむようにゆったりと飲み込んでいく。その様子は普段のパナメラとはかけ離れていて上品である。いや、怒られそうなので口にはしないが。

「美味《おい》しいですよね」

代わりに当たり障りない言葉を口にする。すると、パナメラは優雅にカップをソーサーの上に戻し、すぐにまた眉間に皺《しわ》を作った。

「美味しいが、そうじゃない！　いや、そもそも、その魔術具らしき容器はなんだ!?　何故、まだ淹《い》れたてに近い紅茶を楽しむことが出来る!?」

怒鳴るパナメラ。何故美味しい紅茶を飲んで怒ることが出来るのか。いや、お菓子を食べたら機嫌が良くなるに違いない。だって、美味しいんだもん。

「……お菓子もどうぞ？」

恐る恐るそう告げると、パナメラは不機嫌そうな表情のまま、お菓子を個包装していた紙を剥いて中の焼き菓子を取り出す。手のひらの半分ほどの大きさなのだが、パナメラは半分に千切ってお上品に口に運んだ。

「……うむ、美味《うま》い」

そう言って、また紅茶を口に運ぶ。あれ？　あまり機嫌が回復した感じがしないぞ。

どう声を掛けたものかとパナメラの様子を窺《うかが》っていると、パナメラは目を細めたままこちらをちらりと見た。そして、溜め息を吐く。

「……言いたいことは分かった。少年は、自身の立ち位置をより強固なものにしようとしている……そういうことだろう？」

そう口にすると、パナメラは腕を組んで真剣な顔をした。

「これまでの少年の作った驚異的な兵器、武具類は直接見なければ分からない。ゆえに、武力を重視していない貴族達の興味は引けなかった。しかし、この豪華な馬車や不思議な容器などは明らかにそういった貴族達にも響くだろう。なにしろ、成り上がり者の私であっても金になりそうな雰囲気を感じることが出来るくらいだ」

やれやれ、といった態度でパナメラはそんなことを言う。それに、思わずニヤニヤが止まらなくなった。

え？　そんなにお金になるの？　やったー、すぐに量産体制を整えよう。この馬車は通常の馬車より頑丈で小回りが利くくらいで、もし敵対勢力に使われても脅威とはなり得ない。そうなれば売って利益を得るのに躊躇《ちゅうちょ》はない。

と、そんなことを思っていると、パナメラは首をわずかに傾けて鼻を鳴らした。

「まったく、恐ろしいな。十歳にもならんとは思えん……アルテ嬢。旦那様は将来一国の王になるやもしれんぞ。その時は私が側室になっても良いか？」

「え、えぇっ!?　ぱ、パナメラ様が!?　い、いえ、そ、そんな私なんかが許可を出すような話では……」

激しく動揺して両手を振るアルテに、パナメラは意地の悪そうな笑みを浮かべる。

「お？　アルテ嬢、少年のことをアルテ嬢の旦那様と呼んだことに何も言わなかったな？　なんだ、もう婚約ではなく夫婦になっていたのか。いつの間に初夜を迎えた？」

パナメラがガキ大将のような顔で揶揄《からか》いだす。それにアルテは一瞬目を瞬かせてキョトンとしたが、すぐに耳まで真っ赤にして奇声を発した。

「ピェッ!?　な、なな、なん……っ」

聞いたことのないアルテの鳴き声に、パナメラだけでなく僕まで笑ってしまう。

「はっはっは！　冗談だ、アルテ嬢。いや、悪かった。揶揄い過ぎたか」

「あんまりアルテを虐《いじ》めないでくださいよ」

「いや、すまんすまん」

エサを待つコイのように口をぱくぱくと開閉しているアルテを横目に、パナメラとそんなやり取りをする。ティルは微笑ましそうに笑いながら、二個目の焼き菓子を口に運んでいた。

こうして、意外にも平和かつ楽しい時間を過ごしながら旅をすることが出来たのだった。


関所代わりの城塞都市を通過して、フェルティオ侯爵の領地内を進む。旅程としては二週間ほどだろうか。パナメラの鍛えた精鋭達とはいえ、歩兵が増えた分だけ旅程はしっかり時間がかかってしまった。

その代わり、無理のない行軍や余裕のある周囲偵察、夜間警戒を続けたお陰で、無駄に疲労を蓄積することもなく目的地へと辿《たど》り着くことが出来た。絶対に無理をせず、いつ戦闘になっても万全の状態で戦えるように配慮する。それがパナメラの強さなのだろう。

とはいえ、電撃戦のように速度重視での作戦を実行する時はどの騎士団よりも早く行動に移せるだろう。それだけの練度がパナメラ騎士団にはある。

ディーが十年間徹底して騎士団を鍛えてくれたら、これほどの騎士団になるのだろうか。

そんなことを思いながら、前方を進むパナメラ騎士団の隊列を眺める。すでに先頭はフェルティオ侯爵の居城がある第一都市の城門前へと辿り着こうとしていた。

王都と見まがうような、見るからに堅牢《けんろう》な城壁や巨大な城門。何を隠そう、セアト村の中心を囲う城壁や城門のサイズ感はこの都市のものを参考にしている。細部の彫刻や装飾に関してはより豪華にしてやろうという反骨精神のようなものもあるが、それでも影響を受けているのは間違いないだろう。

そして、その城壁の奥に見える尖塔《せんとう》や兵舎の屋根などは武骨と評されそうなほど簡素だが、それが逆に質実剛健とした美しさを感じられる。

まさに、中世の石造りの要塞のようだ。

そんな景色だが、久しぶりの故郷である。追い出されたとはいえ、八年もの間そこで生活していただけに、懐かしさを感じるのは仕方がないことだろう。

「……ヴァン様、嬉《うれ》しいのですか？」

聞き辛《づら》そうに、アルテが尋ねてくる。声を掛けられて、ようやく自分が長い時間ぼんやりと都市の外観を眺めていたことに気が付いた。

そのことに苦笑しつつ、アルテを見る。

「……そうだね。嬉しいかは分からないけど、懐かしいのは間違いないかな。やっぱり、生まれ育った街だからね」

そう口にすると、隣で鼻をすするような音が聞こえた。目を向けると、ハンカチで顔を覆うティルの姿があった。

「ふぐ……うぅ……っ、も、申し訳……」

どうやら、ティルの悲しみスイッチを押してしまったらしい。その姿と僕達の会話をどう見たのか、パナメラの表情が僅かに険しくなる。

そのタイミングで、馬車の外から扉がノックされた。

「失礼します。ヴァン様、目的地に……」

扉を開けて報告に来たカムシンが、号泣するティルを見て固まった。表情が険しいパナメラを見て一瞬心配そうな顔をする。

「……私が叱責したわけではないぞ」

不機嫌そうにパナメラが呟くと、カムシンは慌てて視線をこちらに向けた。

「あぁ、ごめんね。僕が、街が見えたからちょっと感傷に浸っちゃって……僕の代わりにティルが泣いてくれたんだ」

そう口にすると、カムシンも切なそうな表情になる。

「……分かりました。馬車の窓は開けないようにしますか？」

「いやいや、そこまで気にしないで良いよ。メアリ商会のロザリーさんが僕がいなくなって寂しがってくれる人もいるみたいなことを言ってたし、見知った人に会えたら嬉しいしね」

まぁ、一年以上も経《た》てば忘れられてるだろうけど。そう思いながら、無理に前向きな返事をしておいた。

それに無言で頷き、カムシンが退出する。

静かになった馬車の中で皆の顔を見ると、アルテやパナメラが僕とティルの顔を様子を見るように窺っているのが分かった。

気にさせてしまって申し訳ないなぁ、などと思いつつ、心配してくれる人がいることが嬉しかったりもする。少しほっこりしながら、僕達は無事に城門でのチェックをパスして都市内に入ることが出来た。

ざわざわと賑《にぎ》やかな街の気配がして、流石《さすが》は地域で一番の都市だと感心しつつ、窓から外を眺める。すると、馬車の周りに多くの人が集まっていることに気が付いた。

大通りだから、というわけではなさそうである。

そんなことを考えていると、不意に僕の名が呼ばれた。

「ヴァンさまっ!?」

可愛《かわい》らしい声が聞こえて、自然と声の主を探す。すると、赤いワンピースを着た少女の姿があった。少し背が高くなっているが、間違いない。衛兵の一人娘であるヴィーザだ。よく見ると、近くには三十歳前後ほどに見える男女の姿もあった。一人はヴィーザの父であり、城壁を守る衛兵のシャソンなので、もう一人はヴィーザの母親だろう。

「久しぶりだね、ヴィーザ。少し背が伸びた？」

手を振って、笑顔で返事をする。すると、ヴィーザの隣に立つ女性が少し緊張した面持ちでヴィーザの肩に両手を置いて頭を下げてきた。

「ちょっと、ヴィーザ……！　その、ヴァン様。男爵様になられたと聞きました。話しかけてしまい、申し訳ありません」

慌てた様子でそんなことを言うヴィーザママに、僕は思わず眉をハの字にしてしまう。

「えー……そんな寂しいこと言わないでくださいよ。ヴィーザは友人だと思っていますからね」

そう口にすると、目を瞬かせてヴィーザ一家が動かなくなった。貴族らしくない発言だったから呆れられてしまったかもしれない。

そう思って自らフォローをしようとしたのだが、その前に周囲に集まっていた住民達の中から笑い声が聞こえてきた。

「わっはっは！　間違いない、ヴァン様だ！」

「お帰りなさい、ヴァン様！」

「ぼ、僕のことは覚えてますか！」

嬉しそうな表情の住民達が馬車の方へ歩み寄り、すぐ目の前で皆が声を掛けてきてくれた。皆の嬉しそうな表情や笑い声を聞いて、思わず涙ぐんでしまう。

「ちょ、ちょっと待って！　皆一気に話しかけてきたら何も分かんないよ！」

皆が覚えてくれていたことに感動して泣いているなんてバレたら恥ずかしい。そう思って、両手を振ってテレ隠しの文句を言う。それにまた笑い声が返ってきた。

「ヴァン様、凄い馬車ですね！」

「凄いでしょ。僕が作ったんだよ」

「この騎士団は皆、ヴァン様のですか⁉」

「違うよー。パナメラ子爵の騎士団がほとんどだよ」

馬車の進む速度が遅くなり、住民と会話をしながら街の中を進んでいく。まるでお祭りの神輿《みこし》のようにどんどん人が集まってきた。

そんな中、一人の青年が口を開く。

「ヴァン様、この街に帰ってきてくれたんですか？」

その質問に、思わず口籠ってしまった。皆の顔を見ていると、思わず帰ってこようかと思ってしまう。それくらい、皆の歓迎は嬉しかった。

しかし、僕はセアト村を治める辺境の地の領主、ヴァン・ネイ・フェルティオ男爵である。そんな無責任なことは出来ない。少し浮かれていた気持ちを切り替えて、真剣な顔で答える。

「……申し訳ないけれど、今は陛下からセアト村を領地として拝領した領地持ちの貴族なんだ。その領地を長い間離れることは出来ないんだよ」

そう答えてから、周囲に集まった多くの住民に対して微笑みを向ける。

「もし良かったら皆もセアト村に遊びに来てね！　大浴場っていう湯浴《ゆあ》み場もあるし、色々と美味しいものもいっぱいあるからね！　今ならこの街の人限定でお家も用意してあげるよー！」

大きな声でセアト村の宣伝をして、両手を振った。それに皆が歓声を上げる。上機嫌で馬車の中から皆に手を振っていると、後ろでパナメラが噴き出すように笑った。

「中々やるな、少年。フェルティオ侯爵のお膝元で領民の勧誘をするとは……その地の領主からすれば敵対行為ととれる行動だぞ？」

そう言って、ニヤリと笑うパナメラ。僕は笑顔のまま振り向き、首を傾げた。

「……え？」


「ま、まぁ、なるようになりますよ……はは」

怒り狂うマイダディの姿を想像しながら、軽口で応えた。

しかし、内心では穏やかになれずにいた。確かに、ただでさえフェルティオ侯爵領とフェルディナット伯爵領はセアト村に領民を取られている状況だ。イェリネッタ王国との大きな戦の影響もあり、周辺地域で最も安全だと噂されるセアト村に逃げてきた人々は数多くいる。

それを領主の居城がある都市で勧誘などすれば、領民の流出は加速する可能性があるだろう。

いや、流石に大丈夫だろうか。なにせ、この街は北部地域では一番の都会である。なんでも手に入る都会からスローライフを求めて田舎に移住する、なんて環境でもないはずだ。

心の中で自ら自分のフォローをしつつ、馬車の窓から見える実家を見上げた。高い塔がいくつもあり、使われた石材の色をそのままにした大きな城は周囲に必要以上に威圧感を与えている。

大通りの正面。正門の奥に二階のテラス部分が見える。その斜め上の窓の部屋が、僕の部屋だった。今は僕の部屋には誰もおらず、ただの寝室としてそのままにされているに違いない。ほかの窓と同じなので、誰もあの窓に注目はしていないだろう。

「ふむ、流石にフェルティオ侯爵の居城は力強いな。武力でその地位を確固たるものにしただけはある」

感傷に浸っていると、パナメラが何気なくそんなことを呟いた。

「そうですね。僕の知る限り、この街が戦場になったことはありませんが、籠城戦も出来る堅牢な造りだと思います」

返事をすると、パナメラはこちらを一瞥《いちべつ》してから鼻を鳴らす。

「……ふむ、そうか」

何か気に食わなかったのか、パナメラは短い相槌《あいづち》を打って腕を組み、背もたれに体重を預けた。

その様子を少し気にしつつ、アルテが口を開く。

「あ、あの、事前に連絡も無く向かって大丈夫でしょうか？」

不安そうに質問されてパナメラが肩を竦めた。

「実の子が帰郷したというのに、事前に連絡も何もないだろう」

と、素っ気ない態度で返事をするパナメラに、思わずアルテと顔を見合わせる。だが、何となく聞き辛い雰囲気だ。

「……あ、もう正門に到着しましたよ！　ほら、門番のアンドレさんが」

パナメラの様子がおかしいことに気が付いたのか、ティルも少し困ったように笑いながら話題を変えた。窓から見ると確かに見知った顔の門番の姿がある。ロウが走っていき、その門番に話しかけている様子が目に入った。

わずか数秒程度だろうか。ロウはすぐに踵を返してこちらに向かって走ってくる。

「ヴァン様、ジャルパ様はシェルビア連合国との国境近くへ騎士団を率いて出立されたそうです」

「……嫌な予感が当たったっちゃったかな？　いつ出発したか分かる？」

「二週間前と聞いております」

ロウの報告を聞き、頷いて答える。

「二週間……それなら、もう目的地に着いている頃だろうね」

「ふむ、そんな距離か？　侯爵が自らの騎士団のみでシェルビア連合国を迎え撃とうとしているなら、それこそ傭兵《ようへい》も雇って一万ほどの兵は用意しているはずだ。そうなるとまだ到着まではしていない可能性もある」

「そうですね。セアト村に来なかったことを考えると一ヶ月以上の準備期間があります。近隣の傭兵団を集めて準備を整える時間を考えると丁度良いです」

パナメラの推測に同意してから、馬車の外にいるカムシンに声を掛ける。

「急いで手分けして食料や物資を補給してくれるかな。出来たら、明日か明後日《あさって》の早朝には出発しよう」

「はい！」

指示を出すと、カムシンは背筋を伸ばして返事をした。その返事を聞いてから、御者に声を掛ける。

「情報収集をしたいから、お城に行ってみようか」

「はっ！」

若い騎士団の青年が返事をして、馬車を進める。門番のところまで移動すると、髭《ひげ》をたくわえた初老の門番、アンドレが僕を見上げて声を上げた。

「おお！　ヴァン様！　お久しぶりでございます！」

「久しぶり。アンドレさんも元気そうだね」

笑顔で挨拶を返すとアンドレは嬉しそうに笑った。

「はっはっは！　ヴァン様は変わりませんな！　ヴァン様が男爵になられたと聞いた時は城内は大騒ぎでしたぞ！　いや、どうやら街の方でも噂になっていたようでしたが」

好々爺《こうこうや》といった雰囲気でアンドレは上機嫌にそんなことを言う。それに少し照れながら、片手を振って応えた。

「いやいや、運が良かったんだよ。あ、そうだ。もしアンドレさんがお仕事辞める時はセアト村に移住してね。騎士団の先生になってもらうから」

そう告げると、アンドレは目を瞬かせて驚く。

「わ、わしをですか？　いや、もうこの通り、門番くらいしかさせてもらえない老いぼれでして……」

自信なさげにそう呟くアンドレに、大袈裟《おおげさ》に首を左右に振って否定する。

「そんなことないよ！　僕が二歳の頃はフェルティオ侯爵騎士団の兵士長だったんだから！　百人規模の運用は任せとけって、自信をもって指南役になって欲しいかな」

笑いながらそう告げると、アンドレはウッと息を呑《の》み、涙ぐんでから何度も頷いた。

「は、はい……！　まさか、そんな幼い頃のことも覚えておいでとは……お任せください！　出来るだけ早急に、ヴァン様のもとへ馳《は》せ参じますぞ！」

「うん、ありがとう！　アンドレさんが来てくれたら百人力だよ！」

アンドレの言葉にお礼を言うと、アンドレはついに涙をこぼした。その様子を見て、馬車の中でパナメラがフッと息を漏らすように笑う。

「……まったく、大した人たらしだ。これで、激戦を繰り返してきた侯爵家騎士団の熟練者が一人引き抜けたな？」

パナメラはまるで越後のちりめん問屋に「お主も悪よのぅ」とでも言うような言い方で呟いてきた。失礼な話である。実力を過小評価されて落ち込んでいる人材に、もっと能力を発揮出来る場所があると教えただけではないか。そう思って、パナメラに反論する。

「思っていることを言っただけです。フェルティオ侯爵家では長期間の遠征や大規模な戦いへの参加が多い為、体力が不足してくる五十歳以上は街に残される傾向にあります。それも門番や街中の見回りなどです。それはあまりにも人材の無駄遣いでしょう？　つまり、フェルティオ侯爵家の騎士団の運用が悪い、ということですね」

そう言って肩を竦めると、パナメラは噴き出すように笑って僕の背中を叩《たた》いた。痛い。

「面白い！　ようやく調子が戻ってきたな！　感傷的な少年はたいそう面白くなかったぞ？　どうせだから、この調子で侯爵家の人材と領民を強奪してやろうじゃないか！」

パナメラはそんな恐ろしいことを言って、大きな声で笑い出した。いやいやいや、そんな大それたことは考えておりません。なんてこと言うんだ、この人は。

と、内心でパナメラを非難しつつ、一方でパナメラが何に苛立《いらだ》っていたのか察することが出来た。言葉通りにとれば、過去のことで感傷的になる僕への不甲斐《ふがい》なさへの苛立ちだが、言葉の端々にはジャルパへの怒りのようなものを感じることが出来る。つまり、初めて僕の領地へ来た時と同じ感情だったのだろう。

子供を蔑《ないがし》ろにしたり、不幸にしたりするという状況に腹を立てていたのだ。この場合は、八歳で家を追い出された僕への同情である。パナメラの性格ならば、男であり男爵である僕の自尊心の為を考えて、同情しているとは口に出来なかったに違いない。

ツンデレである。

パナメラが笑う姿を見て、なんとなくアルテと顔を見合わせて笑い合ったのだった。

なんと、物資の補給は一日で完了した。カムシンやロウが街に残ったフェルティオ侯爵家騎士団の団員に助力を申し出たお陰である。

さらに、街の住民の協力で物凄い格安でセアト村騎士団とパナメラ騎士団の団員達は宿に泊まることが出来た。久しぶりのベッドでの熟睡。この休息のお陰で、翌日の早朝には元気いっぱいで出発することが出来るようになったのだ。

「皆さん、ご協力ありがとうございました！」

街の城門前で、代表者として僕がお礼の言葉を口にする。城門には衛兵や一部領民以外にも、わざわざ城から執事やメイド、アンドレさん達騎士団の人々まで出てきてくれていた。

「ヴァン様！　お気を付けて！」

「はーい！　行ってきまーす！」

総勢百人以上に見送られて僕達は出発する。それにティルが終始上機嫌で紅茶をカップに注いでくれた。

「皆さん、紅茶をどうぞー」

「ありがとう」

ティルに接待されるまま紅茶とお菓子をいただき、ゆったりとした時間が流れる。すると、アルテが話題の一つとして街や城の様子を口にした。領民の生活や豊かな生活風景。フェルディナット伯爵の領地よりも豊かで都会に見えたようだ。

そんな話題の中で、城で働く執事やメイドにも触れた。

「そういえば、ティルさんが話をされていたメイドの方々は何故怒っていらっしゃったのでしょう？」

アルテがそう質問すると、ティルはお菓子を食べていた手を止めて、自慢げに胸を張って自分の胸に手を当てた。

「はい。元同僚の皆さんからはセアト村での生活について聞かれました。怒っていたというか、羨ましがっていた、という感じですね。なにせ、ヴァン様が侯爵家を出る時に、誰がヴァン様に付いていくかで激しい戦いが繰り広げられましたから。そして、その勝者が私です！」

ティルはご機嫌でそんなことを口にする。それに、ぼんやり聞いていたパナメラが反応した。

「ほう？　侯爵家の当主が住む居城に勤めるメイドが、辺境の村の領主になる少年の方を選ぶというのか。侯爵の人望が窺えるな」

何故か嬉しそうにそんなことを言うパナメラに苦笑しつつ、ティルの言葉に補足説明を加える。

「いや、追い出される僕に同情してくれる優しい人が多かっただけですよ。ティルは元々僕のお世話係でしたからね。そのまま付いてきてくれたんだと思います」

照れ隠しでそう答えるが、ティルが眉根を寄せて口を尖《とが》らせた。

「そんなことないです！　最初はくじ引きで決めようって話になりましたが、話し合いの結果三本勝負になったんです。九人で二時間戦って、ギリギリのところで勝つことが出来ました……その激戦を無かったことになんて……！」

「ご、ごめんごめん。よく分からないけど、僕が悪かったよ」

珍しくご立腹のティルに平身低頭で謝罪をする。それに、アルテもパナメラも楽しそうに笑った。最初はどうなるかと思ったが、平和かつ楽しく旅を送ることが出来ている。それもパナメラが合流してくれたお陰だろう。

口には出さないが、内心で密《ひそ》かにパナメラへの感謝をしながら、僕は戦いの場までの道のりを進んだのだった。

第二章 ★ センテナの状況

【ジャルパ】

攻守に優れた立方体を組み合わせた形状の要塞。石造りだが、魔術での攻撃を視野に入れて壁は限界まで厚く作られている。五十年以上前に建てられたというのに、その威容はいまだに健在だ。壁は赤みがかった石材が主として使われているが、繰り返される補修で一部の壁は灰色に近い色のものもあった。

周辺は切り立った崖があり、さらに奥には険しい山々が続いている。シェルビア連合国に対する要所とされるだけあり、この要塞さえ守ればシェルビア連合国は我が領地に侵入することは難しくなる。

それが北部の壁と称される要塞、センテナである。

要塞センテナの無事な姿が見られて、表情には出さずに安心した。

「閣下、先に私が確認に向かいましょう」

と、馬車の横で馬に乗って移動しているストラダーレがいつもの不愛想な顔でそう口にした。

「うむ。騎馬隊で向かえ。様子がおかしいと感じたらすぐに戻って良い」

「はっ！」

指示を出すと、ストラダーレは素早く駆け出し、センテナの城門へと向かっていく。その統率力は目を見張るものがあり、わずかな時間で騎馬隊の隊列を整えると、即座に移動をし始めていた。

ストラダーレは一万を超える我が騎士団の団長として、誰よりも信頼を寄せる男だ。本来なら歴戦の猛者であり、ストラダーレの上官でもあったディーが騎士団長になるはずだったが、過去にあった大きな戦場で目覚ましいまでの戦果を挙げて大抜擢《だいばってき》となったのだ。

副団長となったディーとは何度も模擬戦を行い、常に互角の戦いを繰り広げてきた。個人の武勇ではディーの方が上だろう。しかし、全体の指揮に関してはストラダーレの方が一枚上だと思っている。

ストラダーレの方が若いこともあり、後数年もすればストラダーレの方が上になるのは間違いない。だからこそ、ディーには副団長としてストラダーレを支えつつ、ストラダーレに足りない部分を補ってもらいたかった。

そう思っていたからこそ、まさかヴァンが出ていく時にディーが同行するとは思わなかった。エスパーダにしてもそうだが、何故《なぜ》自殺ともとれるような選択をするというのか。

重要な人材を奪われたような気持ちになり、しばらくはヴァンの名を聞くだけで苛々《いらいら》したものだ。だというのに、今では陛下一番のお気に入りとなってしまい、大きな戦では必ず顔を見るようになってしまった。それどころか、離れていても話題に出てくることもあるくらいだ。

まったく、気に食わない。せめて、独立していなかったのなら全てフェルティオ侯爵家の功績とすることも出来ただろうが、男爵とはいえ爵位を手に入れてしまっては別の家という扱いになる。

「……恩知らずめ、世話になった生家に奉公しようという気も無いのか」

吐き捨てつつ、それが難しいだろうということも自覚している。八歳で家から出したのだ。フェルティィオ侯爵家への情など無いだろう。

このままヴァンが手柄を挙げ続ければ、いずれはフェルティィオ侯爵家の領地や権利を奪い取られる可能性もある。そうならない為《ため》には、出来るだけ早急に大きな手柄を挙げる必要があるのだ。

「シェルビア連合国……貴様らが誰を相手にしているのか、思い知らせてやろう」

自らを奮い立たせるように、低い声でそう呟《つぶや》いて口の端を釣り上げた。


「ようこそ、閣下。歓迎いたします」

要塞センテナの城門前。目を隠すほどの長さの赤褐色の髪を揺らし、背の高い男が顎を引いてこちらを見た。センテナを守る国境騎士団の団長であるタルガ・ブレシアだ。タルガは目を見張るような大男で身長は二メートルを超すほどだろう。壁のような筋肉も相まって、巨人の一族かと思ったほどだ。

このセンテナを守る騎士団はフェルティィオ侯爵家やフェルディナット伯爵家、ベンチュリー伯爵家など周辺の上級貴族から兵を集め、さらに王家及び公爵家からも兵が参加し、結成されている。その性質上、騎士団長には必ず王家か公爵家から選抜された騎士がなる。そして、副団長には上級貴族の派遣した騎士達《たち》の中から二人選出される、という形だ。

これまでは上級貴族の騎士団から選ばれた騎士もそれなりの影響力を持っていたが、このタルガが来てからは完全に抑えつけられてしまっているようだ。それだけタルガの武力や用兵の能力が高いということだろう。

タルガはその姿に似合う低い声で言葉を続ける。

「……閣下が騎士団を率いて来たということは、事態をすでに把握されているということですね」

「当たり前だ。この要塞からこちらはフェルティオ侯爵家の領地だぞ。シェルビア連合国の情報を得る手段は幾つか持っている」

そう答えると、タルガは浅く頷《うなず》いた。それ以上は会話の必要はないと判断したのか、タルガはすぐに踵《きびす》を返して城門を潜《くぐ》る。

「こちらへ」

副団長が代わりにそう口にして、先導するように前を歩いた。ストラダーレに目を向けると、何も言わずとも頷いて騎士団に振り返る。

「騎士団の半数がセンテナへ入城する！　残りは野営の準備をせよ！」

ストラダーレはそれだけ言うと、すぐに後を付いてきた。

品の良い内装など何も無い、剝《む》き出《だ》しの石材の壁や床を見ながら、センテナの中を進んでいく。シェルビア連合国への脅威度を低く見積もっていた証拠なのか、センテナは五千人規模の要塞だ。国境を守る要塞や城塞都市としては中規模の大きさである。

その設計から廊下も五人並んで歩けば肩が触れるほどの広さしかない。

シェルビア連合国に向いた城壁の前には流石《さすが》に兵を集結させる為の中庭や資材庫があるが、それ以外は狭い敷地を有効に活用するべく無駄を省いた造りとなっていた。

狭さに圧迫感を感じながら廊下を進んでいくと、大きな部屋へと案内される。中心には大きなテーブルがあり、地図が広げられていた。一目でそれがシェルビア連合国の地図だと理解する。

タルガはテーブルの奥へ行き、近くの椅子に手のひらを向けて座るように促してくる。無言でそこに座り、テーブルの上にある地図を睨《にら》んだ。

「……それで、今はどのような状態だ？」

そう尋ねると、タルガは地図の一点を指さす。それはこのセンテナからほど近いシェルビア連合国の城塞都市である。つまり、シェルビア連合国にとっての防衛の要とも言える都市だ。

「随分と混乱していたようですが、ようやく動きがありました。今はここで集まった騎士団を再編成しており、物資の流れも大方把握しています。そして、とある特殊な武器の存在も」

「……黒色玉と大砲か。やはり、イェリネッタ王国が動いているな」

「その通りです。さらに、イェリネッタ王国軍の軍旗と紋章入りの馬車もあるとのことです。どうやら、シェルビア連合国の東部だけでなく西部もイェリネッタ王国に全面的に協力する形になったのでしょう」

タルガのその言葉を聞き、深く重い息を吐く。

「……イェリネッタも、くだらんことを考えるものだ」

そう呟くと、皆の目がこちらに向いた。

「それは、シェルビアと同盟軍を結成して攻めることに対してですか？」

副団長の一人がそんな質問をしてきて、思わず舌打ちをする。

「馬鹿者！　そんなことはすぐに露見すると誰でも分かる！　何故、これみよがしに自国の軍旗を準備したのか。それを考えんか！」

怒鳴り散らすと、愚かな質問をした副団長が情けなくも肩を震わせて萎縮した。どこの騎士だ、こいつは。見ているだけで苛々する。

そんなことを思っていると、タルガが眉根を寄せて口を開いた。

「……つまり、我がスクーデリア王国軍の戦力を割こうとしている、ということですね。総力戦にも近い形で兵を集結している為、イェリネッタ側としてはスクーデリアの戦力を分散させたい、と」

「そうだ。馬鹿が今の話を聞いたら、すぐにこのセンテナに多くの兵力を集中させることだろう。だが、それこそがイェリネッタの思惑通りだ。それにも気が付かぬ者は三流。気が付けて二流だ」

「……胸に刻んでおきましょう」

タルガが答えると、他の馬鹿どもは項垂《うなだ》れるように顎を引いて視線を下げる。そんな中、タルガは真っ向からこちらの目を見て再度口を開いた。

「それでは、閣下はイェリネッタの策略を承知でこのセンテナに？　我らでは数ヶ月の時間稼ぎすら出来ないとお思いか」

その言葉に、思わず口の端が上がる。やはり、この大男は面白い。今の会話の流れで、こちらを責めるような物言いをするとは。それが出来るだけの闘争への自信がある証拠だろう。

確かな実力と、それに裏打ちされた自信。自らの実力に自信が無ければ行動など出来ない。騎士団を運用する者は、必ず自信が必要になるのだ。

「タルガ殿。悪いが、貴殿は知識が足りない。実際に黒色玉も大砲も見ておらんのだろう？　情報も足りずに敵の戦力を推測することほど危険なことはない」

そう告げると、タルガは表情を変えずに頷いた。

「……その通りです。我々も王都より受けた情報をもとに推測をしておりますが、それも全て実際に見た知識ではありません。それでは、実際に体験をされた閣下から教えてもらえますか。イェリネッタ王国の武器を手にしたシェルビア連合国の力は、どれほどなのか」

タルガはすぐに指摘されたことに同意して、こちらの意見を聞こうとする。つくづく良い指揮官である。そもそも国境騎士団の団長を王家や公爵家から選出されるなら強力な四元素魔術師のはずだ。

この男に様々な戦場を経験させれば、中々面白いことになるだろう。

「うむ……まず、必ず認識しておかねばならんことは、黒色玉も大砲も、四元素魔術とはまったくの別物だということだ。なにせ、詠唱が存在しない。挙句に誰でも使うことが出来る。使い方次第では目の前で使用される寸前まで気づくことも出来ない。これがどれだけの脅威か分かるか？　もし、この場にイェリネッタ王国の刺客が紛れ込んでいれば、この室内にいる全ての人間を一瞬で殺すことが出来るのだ」

簡単に武器の情報を伝えると、皆の表情が変わった。

「……なるほど。確かに、単純に火の魔術と同等と考えていた部分があります。そう思うと守る時だけでなく攻める際にも注意が必要ですね」

「その通りだ。だからこそ、我々が援護に来たのだ。そして、イェリネッタ王国の思惑を打ち破る為には、スクーデリア王国軍の兵力の分散を避ける必要がある。そうすれば、逆に一部戦力が貴重な武器をシェルビアに融通している分、イェリネッタ王国は苦境に立たされるだろう」

「お、おぉ……！」

答えると、副団長達が感嘆の声を上げたのだった。さぁ、急ぎで黒色玉と大砲の知識を兵達に植え付けねばならん。時間が勝負だ。

【コスワース・イェリネッタ】

正直、形勢はかなり不利な状況だと判断していた。必勝と思われていた三度の戦い全てで敗北したことにより、人材や物資だけでも恐ろしいほどの損害を受けている。さらに、要所であるヴェルナー要塞が奪われたことで、一点集中していた兵力を複数に分けなくてはいけなくなった。

逆にスクーデリア王国側は要塞ヴェルナーから王都を目指して進軍することが出来る。相手は総力を挙げて侵攻出来るのに対して、こちらは戦力を分散させなければ守りきれない。

つまり、戦況だけ見ればすでに勝負がついているような状況だ。

だが、それはまともに戦えば、である。

腕や足を斬られても、相手の首を斬ればこちらの勝ちなのだ。深刻な被害は受けるだろうが、それでもフェルティオ侯爵家の領地の一部に食い込むことが出来れば、戦況は大きく変わる。

逆に、こちらが先に王都を狙うことも出来るし、スクーデリア王国側からヴェルナーの奪還を試みることも出来るのだ。こちらの状況に気が付いて反撃に出ようとしたところでもう遅い。覆った形勢は戻すことも出来ないだろう。

後は戦力の分散をどうするかだけである。

「スクーデリアが侵攻を躊躇《ためら》うくらい派手な戦果を挙げて殴り込む。こちらの猛攻を知れば、敵の侵攻は止まるのだ」

要塞センテナを早期陥落させるべく、考え得る最大規模の戦力を揃《そろ》えた。もちろん、各地に必要な防衛戦力や、ヴェルナーに敵を足止めさせる戦力はそのままだが、それ以外の余剰戦力は全て掻《か》き集めてきたのだ。

そして、指揮は私が自ら執る。負ける可能性は皆無だ。

「スクーデリアを叩《たた》き潰す……進軍せよ！」

剣を鞘《さや》から抜き放ち、見せつけるように高く掲げた。途端、大地を揺らすほどの怒号が鳴り響いた。

【ジャルパ】

センテナに到着して二日。着実に地理の把握と騎士団の戦闘準備が整っていた。いくら我が領地内の要塞とはいえ、センテナから向こう側は他国の地だ。わずか数キロ進めばシェルビア連合国の誇る城塞都市、オペルである。

日も暮れかけて、センテナの城壁が赤く染まっていく。左右を崖に挟まれたセンテナは、他よりも早く影が落ちてくる。夕日が崖の岩肌で遮られて視界は薄暗くなっていった。

敵はどこから来るか。これまで連続で大敗しているのだから、まさか正面からぶつかってくるようなことはあるまい。

相手の立場になり、自分ならばどうセンテナを陥落させるか、様々な手を考える。

そうしていると、背後から足音が聞こえてきた。

「閣下、どうぞ中にお入りください。見回りは担当の者がおります」

現れたのはタルガだった。背後を振り返ると大男が無表情に立っており、肝が冷えるような心地になる。

「……すでに十分イェリネッタとシェルビアの動きは予測して準備を整えてきた。しかし、どうにも抜けがある気がしてならん」

そう告げると、タルガはシェルビアの地を睨むように見据えて、短く息を吐いた。

「……ふむ。それは、例の大砲とやらの件でしょうか」

「そうだ。想定の一つではあるが、大砲の情報は十分とは言えん。もし、こちらの攻撃手段が無いような長距離での運用が可能ならば、籠城戦ではなく野戦に挑まなくてはならなくなる。この地を占領されたら後が無いのだからな。そうなったら、騎馬隊で無理やり距離を潰すか、玉砕覚悟で……」

タルガの質問に答えていると、不意に耳に残るような物音がした。距離は遠く、音が反響しているのか場所は正確には分からない。

だが、間違いなく上の方から聞こえた。

「……なんだ、今の音は」

そう呟くと、タルガが眉間に深い皺《しわ》を寄せてセンテナの左右を囲む崖の上を見上げた。

「……あの絶壁に、まさか大人数で……」

タルガが呻《うめ》くようにつぶやいた直後、大地を揺らすような重低音が鳴り響いた。遅れて、硬く重い物が衝突する音と何かが破裂するような激しい破壊音が連続して聞こえた。

視界の端で巨大な塔が崩れるのが見える。細く背の高い尖塔《せんとう》ではなく、屋上に何十人も並んで隊列を組むことが出来る大きな塔である。その塔が、上部三割ほどをガラガラと音を立てて崩されてしまったのだ。

「くそったれめが！」

無意識に怒鳴っていた。間違いなく大砲だ。黒色玉を見たことがあるが、あれはこのような威力ではなかった。もっと物質の表面を破壊する力である。

親の仇《かたき》を探すように周囲の崖の上を睨む。そして、少し離れた東側の崖の上に煙を見つけた。もう陽《ひ》が落ちて周囲は暗くなってきているが、その灰色の煙は何故かよく見えた。

追撃だけは阻止しなくてはならない。攻撃速度を重視して、素早く詠唱、魔術を発動する。

「……赤熱炎《ヒートボウ》……！」

魔術名を口にすると同時、魔力が指先から迸《ほとばし》った。崖に向けて腕を振ると、可視化するほどに濃くなった魔力が炎へと変化して燃え盛る。まるで矢のように飛び出した炎の塊が一直線に崖の上へと伸びていった。

煙の上がっていた部分を含め、崖の上に広がる木々をまとめて焼き尽くす炎。

それを見て、タルガが我に返った。

「っ！　閣下、建物の中へ戻ってください。別の場所からも狙われている可能性があります」

「分かっている！　くそ、あの崖も直接調べておくべきだったか！　腹立たしい！」

怒りを振りかざすように城壁の壁面を強く殴りつけて怒鳴った。骨に響くほどの衝撃と鈍い痛みが気にならないほどの怒りだ。

「仕方がありません。あの崖は冒険者達であっても簡単には登れません。魔獣もいますし、騎士団を指揮する身としてはそんな危険を冒して少数を崖の上まで連れていったところで、今のように崖下から魔術による攻撃を受けて全滅するのが関の山ですから」

タルガにそう言われて、ようやく気が付く。黒色玉や大砲に目を奪われて、他のイェリネッタの新兵器を忘れていたことに。

「……そうか、そうだったな。奴《やつ》らには二足飛竜《ワイバーン》があったか……！」

「ワイバーン？　それは、中型とはいえ魔獣を従えているということですか？」

「その通りだ。卑しき傀儡《かいらい》の魔術を使ってな。亜竜種とはいえ、ワイバーンは飛竜の一種だ。あの程度の魔術では……」

答えた直後、まるでそれを合図にでもしたかのように崖の上から大きな黒い影が飛び上がった。蝙蝠《こうもり》にも似た巨大な翼。図体《ずうたい》はそこまで大きくないが、それでも馬を足で摑《つか》んで連れ去ることも出来るほどの大きさだ。まさしく、二足飛竜《ワイバーン》である。

鱗《うろこ》も鉄の鎧《よろい》のように硬く、通常の弓矢や投《な》げ槍《やり》程度では翼を傷つけることも出来ない。相手が空を飛ぶ以上、魔術師でないと対応出来ないのだ。

「愉快なことを同時に思い出したぞ、タルガ」

「は？　何をでしょうか」

自暴自棄気味に嗤《わら》いながら話しかけると、屋上から下の階に入る為の階段に差し掛かった状態でタルガが聞き返してきた。それに鼻を鳴らして、空を舞うワイバーンを親指で指さす。

「あの空飛ぶトカゲは、空から黒色玉を落としたことがある。まぁ、鳥のフンのようなものだな」

「……それは品の無いことですな」

タルガが顔を引き攣《つ》らせて答えた。その後すぐ、地響きとともに熱風が階段の方へ吹き込んできた。城壁のすぐ傍《そば》の地面に黒色玉が落下したようだ。どれだけの量を詰め込んで落としたのか、火の燃えあがる音がここまで聞こえてくる。

「おお、頭が冷えてきたぞ。どうやってあの馬鹿どもを叩き潰すべきか、策が湯水のように湧いてくる」

「それは良かった」

階段を下りながら、時折聞こえてくる地響きに怒鳴り散らしそうになるのを堪《こら》えながら、軽口を吐く。どんな心境なのかは知らないが、タルガもそれに倣うように返事をした。

冗談ばかり言っても仕方がない。まずは、あの空飛ぶトカゲを地面に引き摺《ず》り下ろすことから始めなければならない。


【タルガ】

要塞センテナはフェルティオ侯爵領内とされている為、騎士団を連れ立って時折フェルティオ侯爵も訪れることがあった。そういう状況の為、面識はある。しかし、シェルビア連合国とは長きに亘《わた》って大きな争いが無かった為、侯爵の戦いぶりというものは知らなかった。

その為、フェルティオ侯爵という人物を気が付かない内に過小評価していたのかもしれない。

目の前で即座に騎士団に指示を出し、要塞の守りを整えると同時に、攻撃に移る為の準備も進めている姿を見て、指揮官としての有能さを強く感じた。次々と指示を出し、命令を受けた騎士団長以下の指揮官達が即座に行動する。そして、その報告を受けると間髪容《い》れずに次の指示を出す。

その行動は迅速かつ的確だ。また、侯爵家の騎士団長も素晴らしい。確か、ストラダーレといったか。見た目的には貴族出身の騎士といった雰囲気だが、多くの修羅場を潜っているのは間違いない。

通常の籠城戦であれば櫓《やぐら》の上に弓兵、屋上に弓兵と魔術師、そしてそれを守る重装歩兵を並べるのが基本となるだろう。だが、戦闘が始まる前に侯爵の一言で従来のやり方とは隔絶した戦略を話し合っていた。

その特異な戦い方を、ストラダーレはまるで常日頃からやっていたかのように実行している。

「大砲による攻撃は受けるな！　必ず建物の陰に隠れよ！　魔術師隊！　城壁が崩れたら即座に復旧だ！　歩兵はその隙間を土嚢《どのう》で埋めよ！　弓兵達は大砲による攻撃に気を払いつつ、敵の接近を許すな！」

ストラダーレが口にしたのは徹底した防衛の指示だ。知らぬ者が聞けば腰抜けだとでも思うことだろう。だが、大砲と黒色玉の情報を得た後では見方が変わってくる。

「センテナ騎士団よ！　城門裏に騎馬隊、魔術騎兵隊は待機だ！　いつでも動けるようにしておけ！　弓兵隊はフェルティオ騎士団と協同して接近する者を射殺せ！　重装歩兵は俺とともに来い！」

負けじと怒鳴り、階段を上がっていく。時折響く振動や爆発音。天井からは細かな石の破片や埃《ほこり》が落ちてくるが、気になどしていられない。

「……朱の魔弾《フラム・フレシア》」

屋上に上がった直後、前方で魔術が発動した。黒いマントがはためき、背に刺しゅうされた黄金の牛と直剣の紋様が目を奪う。その間に、魔術師の肘から先は炎に包まれており、周囲を赤く照らし出していた。

近づくもの全てを焼き尽くすような高温の炎だ。炎は猛《たけ》り狂うように燃え上がり、空へと帯状に伸びていく。火から逃げるようにワイバーンが弧を描いて飛行するが、炎の帯はそれを逃がすまいと追いかけている。

あの勢いの炎を長時間発現させているだけでもかなりの魔力量だが、さらに生きているかのように動かし続けているとは、驚くべき魔力操作技術である。

誰があれほどの魔術を行使するのかと問われれば、誰もが同じ人物の名を思い浮かべるはずだ。

その魔術師であるフェルティオ侯爵は、近隣諸国からスクーデリアの番人と呼ばれるだけあり、威風堂々とした態度でワイバーン達を追い払ってみせた。亜竜とはいえ飛竜種であるワイバーンの鱗は恐ろしく硬い。剣や弓などで撃退しようと思うとかなりの人数を導入しなければならない為、魔術師が対処するのは定石だと言える。

とはいえ、あれほど見事に対処してみせる魔術師はそうはいないだろう。

「閣下！　お気を付けください！　ワイバーンを追い払ったとはいえ、大砲の脅威はいまだあります！」

「分かっておる！　一旦戻るぞ！」

「はっ！」

そう言いつつ、フェルティオ侯爵はいつの間に詠唱をしたのか、空を覆うほど広範囲の激しい炎を放出して歩いてきた。空は一気に真っ赤に染まり、壁のようになった炎を背に歩いてくるフェルティオ侯爵はまるで悪魔のように見えてしまう。この魔術師が敵でなかったことは幸運だった。

「……お見事でした、閣下。さすがの魔力量です」

階段を下りながらそう口にすると、フェルティオ侯爵は鼻を鳴らして口を曲げた。

「くだらん、単なる時間稼ぎだ。貴様でも分かるだろう？　敵方は間違いなく移動しながら大砲を使い、さらに空からワイバーンを使って黒色玉を落としてきているのだ。もはや籠城もどれだけ出来るか予測すら出来ん。相手の戦力次第では数時間で蹴散らされる恐れもある」

この上なく不機嫌そうにそう言われて、溜《た》め息《いき》とともに相槌《あいづち》を打つ。

「はい。我々に出来ることは攻撃される前に大砲とワイバーンを潰すことですが、シェルビア連合国側の領地には必ず罠《わな》が仕掛けられていることでしょう」

八方塞がりだ。要所を守る責任者たる自分がそうは言えなかったが、フェルティオ侯爵にはしっかりと伝わってしまった。苛立《いらだ》ちを隠しもせず、舌打ちをしながらこちらを振り返る。

「馬鹿者が！　本来、砦《とりで》だろうが城塞都市だろうが、周囲近辺は自軍に有利に働くように整えておくものだ！　なんだ、この有様は⁉　このままでは、スクデットの二の舞ではないか……っ！」

血を吐くような掠《かす》れ声《ごえ》で怒鳴るフェルティオ侯爵に、頭を下げて謝罪をする。外では断続的に爆発音を伴う地響きが続いており、兵士達の騒がしい声も聞こえていた。

この混乱を招いた原因を問われれば、間違いなく自分の失態だろう。

「……申し訳ありません。後日、必ず責任はとりましょう。しかし、今はイェリネッタとシェルビ

ア連合軍を撃退するのが先です」

「どの口が……っ！　くそ、ふてぶてしい奴だが、言っていることに間違いはない。早急に反撃の手を考える！」

「はっ！」

肩を怒らせて階段を下りていくフェルティオ侯爵。その背を追いながら、どうするべきか頭を働かせる。この地を奪われれば、間違いなくスクーデリア王国は不利な状況となる。

なんとしても死守せねばならないのだ。


【シェルビア連合国軍タウンカー・ピラーズ伯爵】

話は聞いていた。我が国の東部がイェリネッタ王国の要請に賛同し、自国に利点の無い同盟軍を結成するという話が出た、と。

なにしろ、大国であるスクーデリア王国と戦う為に、我が国の領地から攻め入るというのだ。負ければ我が国は間違いなくスクーデリア王国の一部となるだろう。その上、勝った時に享受出来る利点はイェリネッタ王国との同盟関係の維持のみである。いや、同盟を結ばなければ先に我が国を攻め滅ぼすと宣言したと聞く以上、それはこれまでの同盟とは違い、明らかに上下関係が含まれた同盟となるだろう。

それならば、イェリネッタ王国ではなくスクーデリア王国との同盟を強化すべきではないか。西部で最も強い権力を持つ上級貴族、コルセア・ノーラス・アビエーター辺境伯がそう発言したが、それを首都元老院が否とした。

結局、東部はイェリネッタ王国の武力に屈したのだ。噂《うわさ》のイェリネッタ王国の持つ新兵器がどれほどのものかは知らないが、それはこれまでのシェルビア連合国の在り方や立場を変える必要があるほどのものだということは間違いない。

それを裏付ける理由として、シェルビア連合国の西側、スクーデリア王国との国境を戦場とするというのに、東部貴族達はこぞって騎士団を派兵してきた。結果、自領を守る為の騎士団まで動員してきた者もおり、総勢三万を超える人数が集まったのだ。一方、イェリネッタ王国に協力するといった程度に考えていた西部貴族は、総勢で一万程度である。

対して、イェリネッタ王国は総勢三万。この数字は現在、別の場所でスクーデリア王国の主力と戦っているという状況を考えると、信じられないような驚異的な数だ。もし同数でスクーデリア王国を押しとどめているというのなら、確かにこの戦いはイェリネッタ王国が勝つだろう。そして、このスクーデリア王国国境での戦いにも勝つはずだ。たとえフェルティオ侯爵が自領に残っていたとしても、合計七万にもなるシェルビアとイェリネッタの連合軍には勝ちようがない。

「……時代は変わったようだな」

誰にともなくそう呟き、センテナの様子を眺める。激しい爆発音が鳴り響き、要塞のいたる場所から火の手が上がっている。空には飛竜が五頭飛んでおり、さらに攻撃を加えようとしていた。

戦いは始まったばかりだが、どう考えても要塞センテナが陥落する未来しか見えない。

「もし、自分がセンテナを防衛するならどうするか……もはや、玉砕覚悟の突撃しかあるまい」

そう口にしてから、自身の率いる騎士団の状況を確認する。山の斜面の中腹。相手からは見えないような窪地《くぼち》があり、そこで身を隠すように控えていた。もし相手が突撃してきても良いように、街道にもその周囲にも罠が仕掛けてある。その上、イェリネッタ王国より借り受けたこの大砲だ。

自ら前線への布陣を申し出た東部貴族の騎士団達は、その大砲を手に左右の切り立った崖から攻撃を仕掛けている。あの場所まで三日も掛けて移動したのだから、もし反撃を受けたら退避することは難しいだろう。つまり、それだけイェリネッタ王国の新兵器を信頼しているということでもある。

そして、それは半ば間違っていなかったと証明されたも同然だ。

「射程は、およそ一キロか……？　あれだけの攻撃を複数方向から連続して行われたら、反撃も難しいだろうな」

反撃に手間取れば、大砲は移動している。よほどの魔術師でなければ一度の攻撃範囲は数十メートル程度だ。一撃放つ度に移動されてしまえば、反撃したところで効果は見込めない。

「これが、これからの戦争か……」

戦いには間違いなく勝っている。だが、何故か胸に穴が開いてしまったかのような虚無感があった。魔術師を主体として騎馬、歩兵で敵を翻弄、狙い通りに敵を動かす……そういった戦術ももはや過去のものなのだろう。

今後は、この大砲や黒色玉による攻撃が主力となり、魔術師はその攻撃を成功させる為の陽動や補助的な使い方へと変わる……。

そう思った直後、センテナの屋上から右手に広がる崖に向けて赤い光が走った。真っ赤に燃える炎の帯だ。崖は瞬く間に燃え上がり、崖の一部があっという間に燃え広がり、その炎の熱量を自《おの》ずと教えてくれた。

「……ジャルパ・ブル・アティ・フェルティオ侯爵。そうか、スクーデリアの番人が残っていたのか」

その苛烈なまでの炎の魔術を見て、思わず拳を握る。これで、センテナを陥落するまでの時間が大きく伸びたことだろう。一秒を争う状況でありながら、敵方に現れた強大な魔術師一人の力が戦況に影響を与えたことに内心で小さな喜びを感じていた。

まるで、まだまだ魔術師の時代は終わっていないと言っているかのように思えたのだ。

もう一つ炎の帯が反対側の崖を焼き払う。

「伯爵様！　センテナからの魔術による攻撃があるかもしれません！　一旦、後方へ避難を！」

騎士団長が避難を申し出てくるが、首を左右に振って拒否する。

「問題ない。あの攻撃はたった一人の手によるものだ。あれだけ目立てば十分標的になる。もう、反撃を止《や》めて安全な場所へ移動している頃だろう」

そう告げた途端、まるで私の言葉を嘲笑《あざわら》うかのように空が赤く染まった。驚き振り返ると、空を焼き尽くすような獄炎の幕が空を覆っていた。

「ば、馬鹿な……なんという……」

騎士団長が驚愕《きょうがく》に目を見開き、空が焼ける光景を眺める。

その気持ちは痛いほど分かる。私は土の魔術師であり、騎士団長は火の魔術師だ。同じ四元素魔術師として、あれだけの魔術を行使出来るということが信じられないのだ。

「……これは、簡単には進めぬかもしれんな。あの、スクーデリアの番人が立ち塞がっているのだから」

困ったことになった。そういうつもりで口にしたのだが、騎士団長は眉根を寄せてこちらを見ると、苦笑して首を左右に振った。

「……伯爵様、随分と楽しそうですが」

「ふん、気のせいだ」

騎士団長の指摘に適当な返事をすると、センテナに背を向けて本陣に振り返る。崖に隠れた街道の外れに本陣はある。

「一時的とはいえ、ワイバーンが追い払われたのだ。作戦に変更があるやもしれん」

「はっ！」

本陣に向けて歩き出すと、騎士団長が背筋を伸ばして返事をした。

間違いない。

【タルガ】

フェルティオ侯爵の力で、センテナは僅かな延命をすることが出来た。左右の崖からの砲撃は明らかに減り、ワイバーンすら上空から姿を消したのだ。それも全て侯爵の恐るべき魔術の力なのは間違いない。

「この機を逃すわけにはいきません。斥候を出した後、即座に動けるように準備いたします」

「待て。それは浅慮やもしれんぞ」

「しかし、守りを固めても援軍は見込めない。やはり、こちらから出ていくしか……」

議論する間にも地響きが足元を揺らし、天井から細かな破片が落ちてくる。もう、僅かな時間しかない。そんな状況だというのに、会議は一向に結論を出せずにいた。

いつもとは勝手が違う戦場に皆が浮き足立っているのが分かる。

「……このままでは活路はありません。私も攻撃に転じる他ないと思いますが、いかがですか？」

そう言って正面に座る男を見る。話を振られたフェルティオ侯爵は、面白くなさそうに口を開いた。

「……つまらん話だが、合理的に考えるとそうなるだろうな」

溜《た》め息《いき》交じりにそう呟《つぶや》くと、フェルティオ侯爵は皆を睥睨《へいげい》するように眺めて、再度口を開いた。

「この状況で籠城して相手を退却させるには、一週間は防衛をしなくてはならん。あれだけの人数の兵站《へいたん》をそう何日も確保出来ん。しかし、このセンテナはこのままなら間違いなく明日には陥落する」

フェルティオ侯爵は吐き捨てるようにそう告げた。その言葉をきっかけに、場には重い空気が流れる。

この要塞センテナは国防の要である。この地を明け渡せば、フェルティオ侯爵領の広い平野を何万という敵が自由に動き回ることだろう。街道を封鎖してスクデットやセアト村への補給を断つことも出来る。

もしこのセンテナが奪われたら、陛下は致命的な戦況になることを恐れて挟撃される前に撤退することだろう。そうなれば、イェリネッタ王国とシェルビア連合国の侵攻を止めるのは難しい。まさに、スクーデリア王国滅亡の危機である。その責任は到底私の首一つで済むものではない。

この場にいる全ての者がそういった事態を想像したはずだ。

「ど、どど、どうしましょう……わ、我らの責任を問われる程度の話では……」

「そもそも、防衛が出来なければ帰る場所など無いだろう」

「即時、近隣の領主や傭兵団《ようへいだん》に声を掛けて増援を……！」

フェルティオ侯爵の推測はよほどの説得力を持っていたのか。貴族の子息である指揮官の一部が慌てふためきだした。自らの進退どころか、生命の危機にも関わってくる明確な危機だ。その気持ちも多少は理解出来る。

しかし、何よりもまずは騎士であるという事実が重要である。愚かにも保身のことを思って慌てる者達《たち》を見て、そのことがより明確に感じられた。

「……やはり、起死回生の一手しかないでしょう。閣下」

呟いてから、フェルティオ侯爵に向き直る。フェルティオ侯爵が厳《いか》めしい顔を更に顰《しか》める様子を見ながら、自らの作戦を伝える為《ため》に口を開いた。

「閣下には申し訳ありませんが後方から援護をしてもらいたいと思っています。周辺から来るであろう大砲による攻撃に対して、魔術による反撃をしていただきたい」

そう告げると、フェルティオ侯爵は腕を組んで唸《うな》る。

「……つまり、貴様が真正面から突撃して敵の目を引く、ということか。それでどうする？　第二、第三の突撃隊でも組織するか？　それとも、陽動している間にこちらも崖を登って相手の裏をかくつもりか？」

フェルティオ侯爵はこちらの内側を見透かすような目をして、そんなことを言った。それに軽く首を左右に振って否定する。

「いえ、騎馬隊を主として隊を結成し、一気に敵陣を突き抜けます」

「ただの玉砕ではないか」

私の言葉にフェルティオ侯爵は呆《あき》れた顔でそう口にした。だが、そんなつもりはない。私はもう一度首を左右に振る。

「危険ですが、可能性はあると思っています。これまで見ていた限り、大砲は命中率が悪く、短い間隔では使うことが出来ません。ならば、数十程度の少人数で素早く移動する相手は苦手だと推測出来ます」

「……なるほど。それならば確かに大砲から攻撃される前に移動出来るだろう。しかし、浅はかだと言わざるをえない。敵は馬鹿ではないのだ。あの街道の先に何も無いとでも思っているのか」

「もちろん、大軍を敷いて待ち構えていることでしょう。しかし、それでもやらなければなりません」

語気を強めて、フェルティオ侯爵を見返す。すると、フェルティオ侯爵は面白くなさそうな表情で長い息を吐いた。

「……この場に無いものを欲してしまうとは、私も老いたものだ」

小さな声で脈絡の無いことを呟かれて、思わず眉根を寄せて首を傾《かし》げる。それに舌打ちをして、フェルティオ侯爵は口を開いた。

「気にするな、独り言だ……仕方あるまい。玉砕覚悟の突撃というのであれば、思い切りやった方が良いだろう。協力してやる」

陽《ひ》が落ちる頃。向かう先の空は綺麗《きれい》に赤く焼けていた夕焼けから、徐々に火が消えていくように暗くなっていき、赤い空もうっすらと焼け跡を残す程度となっていた。

西の空の山々がシルエットを残し、そこから下は黒く染められている。普段ならその景色は変わらず、近づくまで山の麓に何があるかも分からないだろう。

だが、今この瞬間は違った。

遠くで炎が見えたと思ったら、爆発音が反響しながらこちらまで届く。断続的に炎が上がり、山の麓に建物の影が浮き上がる。

「……凄《すご》い攻撃されてる感じ」

「凄く攻撃されていると思いますが」

一言呟くと、セアト村騎士団の臨時騎士団長に任命されたロウが神妙な顔で返事をした。よく見れば、山と山の切れ目に飛竜らしき影も時折現れている。

「近づくと危なそうな気がするけど、気のせいかな？」

「間違いありません。危険です」

危ないのではないかと尋ねると、危険だと肯定されてしまった。気分は超ブルーである。

「……随分と余裕を見せているが、目下攻撃を受けている要塞にフェルティオ侯爵もいると思うぞ？」

流石《さすが》に見かねたのか、パナメラが後ろからそんなことを言ってきた。若干呆れた雰囲気が声からも感じられる。

いや、分かってますよ。かなり遠くからでも炎が空に向かって噴出されたのを見てるし、現場ではマイダディが文句言いながらシェルビアとイェリネッタの連合軍を押しとどめているに違いない。

まぁ、マイダディがあっさり死亡するなんてことはないだろうし、もしマイダディがあの場にいないとしたらもう陥落していてもおかしくない。

まだ戦闘続行中である以上、マイダディは元気いっぱい火と戯れているに違いないと判断した。

「……まぁ、あれだけどっかんどっかんやられていたら、流石に厳しいかな。怒られるかもしれないけど、そっと参加しようか」

仕方ないなぁ、マイダディは。

そんなノリで要塞センテナに背を向けて、我がセアト村騎士団に振り返る。とはいえ、我がセアト村騎士団は僅か数十人。対してパナメラ騎士団は五百を超える人数である。上級貴族と比べれば悲しいほどに少数ではあるが、間違いなく精鋭だ。比べると寂しくなるので、さっさとセアト村騎士団へ指示を出すことにした。

「はい！　それでは作戦の説明をします！　超最強連射式機械弓部隊の皆さんは装甲馬車《ウォーワゴン》のバリスタを準備して、最後尾から付いてきてください！　先頭にはアルテ嬢の人形が立ち、頃合いを見て先行します！　まずは、全員が要塞センテナ内に辿《たど》り着くこと！　その後は一先《ひとま》ずセンテナの補修と改善をして防衛力を保持させる予定です！　何か質問がある人いますか？」

パナメラ騎士団もいる為、何となくいつもより丁寧に説明をしてみる。セアト村騎士団は特に質問は無さそうだったが、パナメラが腕を組んで首を傾げた。

「ちょっと待て、少年。アルテ嬢の人形とは、例の傀儡《かいらい》の魔術か？　申し訳ないが、あの激しい戦場に人形を一体二体連れていったところで、効果はあるのか？」

パナメラが少し厳しい言い方でそう告げる。それは戦場の過酷さを知るが故の言葉だろう。しかし、その心配は見当違いである。なにせ、今のこの状況に限れば、アルテが最大の戦力であると言っても過言ではないのだ。

その事実を知らないパナメラに対して、謎の優越感を持ちつつ微笑《ほほえ》む。

「ご安心ください。アルテはやる子ですよ」

そう答えると、パナメラの目が細く尖《とが》った。

「……何故《なぜ》か腹が立つ笑みだな。まぁ良い。そこまで言うなら、その装甲馬車《ウォーワゴン》の中で人形を使うのならアルテ嬢の参加を認めるとしよう」

僕の自信を察したのか、パナメラは自ら妥協案を口にしてこちらの返答を待った。パナメラはアルテに対しては少し過保護なところがある。女子供だからという理由ならヴァン君という天才少年のことも過保護に接して欲しいものである。

いや、今はそんなことを考えている時間も無い。

「さて、それではパナメラ子爵の騎士団の運用についてですが、どうします？　個人的には少数ずつでばらばらに行動した方が被害は最小限になるかと思いますが」

「ふむ。重要な要塞が今にも陥落寸前なのだから、敵の目がこんな少数の援軍に向くとは思えないが……ならば、速度重視の騎兵のみで一部隊、他は半分に分けて目立たないように左右からセンテナを目指すとするか」

「はい、お願いします。それでは、早速行動開始といきましょう！」

と、簡単に作戦を決めて、すぐに行動を開始した。セアト村騎士団も装甲馬車《ウォーワゴン》の変形やバリスタの準備は手慣れたもので、すぐに行軍出来る状態となる。

「よし、突撃ー」

「……少年、気が抜けるぞ。もう少し腹に力を入れて指示を出せ」

こうして、僕達は早速要塞センテナの防衛に向けて動き出したのだった。


パナメラの言う通り、センテナに近づくまでは大した攻撃もなかった。いや、援軍を近づけさせないように攻撃をしてきたというわけではなく、ワイバーンから適当に落とした黒色玉がこちらにも飛んできた、というのが正しいのかもしれない。

離れた場所で二、三カ所爆発が起こり、足元に振動が伝わってきた。黒色玉の脅威は皆も知っていたはずだが、実際に爆発する現場を目の前にするとやはり恐ろしい。

パナメラの騎士団の中にも顔面蒼白《がんめんそうはく》になりながら行軍する者が見受けられるくらいだ。パニックにならないだけ凄いと褒めるべきか。

そんなことを思いながら、要塞センテナへと到着した。

城壁は爆発音が聞こえる度に振動し、大小さまざまな瓦礫《がれき》が落ちてくるのを見て、まさに崩壊寸前なんだと実感させられた。

「……そもそも、こんな状態の建物の中に入りたくないよね。瓦礫が落ちてきたら死んじゃうよ。僕、若いのに」

そんな独り言を呟いていると、アルテが真剣な顔で頷《うなず》く。

「こういう時こそ、私の一対の銀騎士《アヴェンタドール》なら……」

小さな声だったが、その言葉は力強かった。自信が窺《うかが》えるその言葉にパナメラの方が目を瞬かせている。その対比に思わず笑いながら、城門の上を見た。もはや、スクーデリア王国側に人を配置する余裕すら無いに違いない。

「……お邪魔しまーす」

一応、そんな挨拶をしつつ城門に取り付けられた小さな出入口に手をかける。この扉は単なる材料だ。さぁ、このヴァン君が新しい扉にしてあげよう。そう念じつつ、魔術を行使する。

「よし、開いた」

ものの十数秒で作り変えられた扉は、鍵も何も無い単なる観音開きの扉である。両手に力を籠《こ》めると、すぐに開くことが出来た。

「さぁ、入ろうか」

そう言って振り返ると、パナメラから不審な者を見る目で見られてしまう。

「……少年。もしかしてだが、何かしらの犯罪に手を染めてはいないだろうな?」

「そんなことしてませんよ!」

変な誤解を与えてしまっていたようだ。パナメラの質問に慌てて否定の言葉を返す。しばらくジト目で見られたが、またどこかで黒色玉が爆発する音が鳴り響き、パナメラは溜め息を吐《つ》いて自らの騎士団に振り返った。

「少々後ろめたい形だが、道は開かれた。歩兵は盾を構えて前に出ろ。陥落寸前であれば要塞内には敵兵の姿もあるかもしれん。それを頭に入れて行動するように」

「はっ！　騎馬隊は馬から降りろ！　歩兵隊、前へ！」

パナメラの指示に騎士団長が即座に従い、命令を伝えていく。

「後ろめたい形って何ですか。悪いことには使ってませんってば」

「いや、そういった使い方があることが問題だ。少年が早熟なら夜這《よば》いなんて使い方もありえるだろう？」

「しません！」

パナメラのあんまりな言葉に、僕は思わず怒鳴ってしまったのだった。だって、セクハラだもの。


先行するパナメラ騎士団の背中を見つつ、セアト村騎士団も要塞内に入った。壁はそこかしこにヒビが入っており、屋根の一部は崩壊してしまっている。奥に行けば行くほどその崩壊ぶりは激しさを増しており、ほとんど廃墟《はいきょ》のような状態である。

「……人がほとんどいなさそうだな」

「まさか、全員で屋上に上がって弓矢を射《う》ったり、魔術を放っていたり……」

「そんなわけあるか。指揮官は安全な場所から防衛の策を練っているはずだ」

そんなやり取りをしつつ、さらに要塞内を進んでいく。やがて中庭に出ることが出来たが、そこは悲惨な有様だった。

地面がところどころ焼け焦げ、大きな塔は崩れて倒れたままになっており、死体らしき人影も散見される。そんな地獄のような光景に、アルテやティルが後方で息を呑《の》む音が聞こえた。一方、カムシンとロウは僕を守るように前に立ち、剣を構えている。

「ヴァン様、お気を付けください」

カムシンが周囲の瓦礫の影などを確認しながらそんなことを言った。それに苦笑しつつ、感謝の言葉を口にする。

「ありがとう。ただ、恐らく大砲や黒色玉によって亡くなった人々だと思うよ。さぁ、ここにいたら僕達も危ないから早く移動しよう。センテナの常駐騎士団はシェルビア連合国側の城壁に集まっているんだろうね」

カムシンにそう告げると、ハッとした顔になって振り返った。

「そ、そうですね。危ないので、急いでこの場から離れましょう」

そう言って、今度は上空を警戒し始めた。カムシンが必死に僕を守ろうとしてくれていることが伝わり、何となく嬉《うれ》しい。

「さて、普通なら空からの攻撃に備えて屋上にはあまり人を置かないだろうし、相手の動向は探らないといけないから、二階か三階辺りに集まってそうですよね。行ってみますか」

そう言うと、パナメラもすぐに同意して騎士団に指示を出した。

足早に中庭を進み、階段を見つけて建物内を進んでいく。それにしても人がいない。こんなにいないのは流石におかしい。

「もしかして、ちょうど皆このセンテナを捨てて逃げ出したばかりだったりして……」

そう呟くと、パナメラが眉間に深い皺《しわ》を作ってこちらに横顔を向けた。

「いくらフェルティオ侯爵でも、貴族としてそんなことはしないだろう……まさか、そんなことをする可能性がある、ということか？」

「あ、いや、冗談ですよ。あんまりにも人がいないから、ふと頭を過《よぎ》って……ははは」

乾いた笑い声を上げながら生返事をしつつ、階段を上っていく。そして、最上階となる三階に上ったところでようやく人の気配を感じることが出来た。城壁に沿って長い廊下が続いており、奥から喧騒《けんそう》が聞こえてくる。

どうやら、それぞれ部屋として区分けされているようだ。確かに、一つずつ壁で区切っていく方が多くの柱を置いて広間にするよりも強度は高いだろう。しかし、鎧《よろい》を着た騎士が大勢で防衛すると考えると不向きな構造だ。

相手がシェルビア連合国ということもあり、弓矢と魔術師隊で十分という見方をしていたのだろうか。

そんなことを思いつつ、パナメラの騎士団の騎士が手前の部屋の扉を開ける様子を後ろから眺める。

「な、何者だ!?」

ここからでは部屋の中の様子は見えないが、部屋の奥から男の怒鳴り声が聞こえてきた。

「パナメラ・カレラ・カイエン子爵騎士団である！　センテナに危機が迫っていると聞き、急ぎで参った次第だ！　この国境を守護する常駐騎士団はタルガ殿が騎士団長であったと記憶しているが、相違ないか!?」

「おおっ！　援軍に感謝する！　常駐騎士団の騎士団長はタルガ・ブレシア殿で相違ない！　しかし、今はフェルティオ侯爵閣下がおり、全権を譲渡されている！」

短く、お互いの情報交換を行ってから、部屋へと入室する。あまり広くはないようなので、パナメラと騎士団長、そして僕とアルテ、カムシン、ロウ、ティルの七人だけだ。いや、正確には僕達の斜め前にアルテの二体の人形が立っている為、それらも合わせると七人と二体となるだろうか。

「お、おお……この長身の騎士、は……？」

アルテの人形に驚くセンテナの騎士を横目に、パナメラは部屋の奥へと勝手に進んでいく。あまり広くなさそうに感じたが、それでも中には十人ほどの騎士がいた。騎士達はパナメラの姿を見て距離を開けるように左右に分かれていく。

その中をパナメラは颯爽《さっそう》と歩いて移動し、壁の傍《そば》に立った。三十センチ四方程度の小さな小窓に顔を近づけて、外の様子を窺う。

「なるほど、攻勢に出たか。余程追い詰められたようだな」

その言葉に、慌てて窓の方へ向かった。外を見ようと思ったが、微妙に身長が足りない。よく見えない。困って背後を振り返ると、カムシンがササッと椅子を持ってきてくれた。それに乗って、事なきを得る。

「……うわ」

外の景色を見て、僕は思わずそんな声を上げていた。

外は暗い夜の帳《とばり》が下りていてしかるべき時間だ。左右が切り立った崖に挟まれた渓谷のような状況なのもあり、本来なら道も見えないほど真っ暗でもおかしくない。

だが、今は赤い光と黒い煙に包まれていた。大量の黒色玉が木々を焼いたのだろう。街道の傍から崖の斜面まで、いたる場所で火が上がり、黒煙が視界を悪くしていた。崖や街道を火の赤い光が照らし出す中、多くの騎士の死体がまばらに地面に転がっているのが分かった。

恐らく、ほとんどがセンテナ騎士団の騎士達だ。もしかしたら、ジャルパのフェルティオ侯爵騎士団も交じっているかもしれない。ワイバーンの死体もあったが、騎士の死体が目立ってしまいスクーデリア王国側から見たら絶望的な雰囲気が感じられてしまう。

「……無茶な突撃にしか見えませんが」

そう呟くと、パナメラが鼻を鳴らして天井を指さした。

「これだけやられたんだ。私だって殴り込みに行きたくなるさ」

「いやいやいや、そんな不良の縄張り争いじゃないんですから」

武闘派なパナメラらしい共感の仕方に思わず突っ込んでしまう。それにパナメラはよく分からないといった表情を見せたが、すぐに真面目な顔になって窓の外に視線を戻した。

「冗談はさておき、タルガ殿とフェルティオ侯爵の心情は察して余りある。この地を任された者として、易々《やすやす》と突破されてしまっては立つ瀬がない。まだスクデットならば撤退して反撃に戻る猶予はあったが、このセンテナは突破されれば終わりだ。突破されれば自らの領地も終わりであり、現在の状況を考えればスクーデリア王国としても終わりだ。この要塞に籠っていてもどうしようもないならば、もはや攻勢に出るしかあるまい……それが死を覚悟して尚《なお》、達成困難であろうともな」

腕を組み、苦み走った顔でそう告げるパナメラ。もしかしたら、そういった事態に自分がなることもあるかもしれない。そう思っているのだろう。僕だって、同じ状況なら他の選択肢は選べないかもしれない。

「はっ！　タルガ殿も侯爵閣下も、死を覚悟して出陣されました！　主となる騎馬隊を二つに分け、さらに歩兵隊も四隊に分けて行動しております。騎馬隊は予定通り大砲で狙われる前に駆け抜けました。そして、歩兵隊は広く陣形を広げて行動した為、半数を失いましたが残りは奥へ行くことが出来ました。お陰でこのセンテナへの攻撃は極端に減っております。ワイバーンだけは何故か残っていますが……」

騎士の一人がそう口にした直後、要塞のどこかで爆発音と地響きが起きた。それに身を竦《すく》ませつつ、窓から顔を出して空を見てみる。

確かに、空にはワイバーンが三体、ぐるぐると弧を描くような軌道で飛んでいた。

「フェルティオ侯爵の加勢に行きたいところだが、あのワイバーンをどうにかしないと対応出来ないな。どうする、少年」

パナメラにそう尋ねられ、ワイバーンの飛行する様を観察する。

「……あの崖の方へ戻るのは何故ですか？　ワイバーンは長時間飛べないんでしたっけ？」

質問すると、騎士は首を左右に振って崖の上の方を指さした。

「通常、飛竜種は長時間の飛行が可能です。恐らく、あの崖の上に黒色玉を補充する場所があるのでしょう。しかし、あそこに向かうのは至難の業です。我々もどうにか補給を妨害しようとしましたが、どうにも……」

悔しそうに騎士のおじさんは説明をしてくれた。なるほどと頷き、振り返る。

「それなら、アルテが適任かも」

そう口にすると、アルテは胸の前で小さく拳を握って顎を引いた。

「ま、任せてください……！」

意気込みを口にするアルテだが、それを聞いたセンテナの騎士達は頭に疑問符を浮かべて首を傾げる。

「……し、失礼。そもそも、貴方《あなた》は？　その、パナメラ子爵との会話を聞く限り貴族でいらっしゃるのは分かりますが……」

「え？　あ、そういえば名乗ってなかった……！　申し訳ありません、僕はヴァン・ネイ・フェルティオと申します。一応、男爵位をいただいておりまして……」

名乗り忘れていたことを思い出し、慌てて自己紹介をする。すると、騎士のおじさんはギョッとした顔で僕の顔をまじまじと見た。

「ヴァ、ヴァン男爵ですと!? そ、それでは、このセンテナにあのヴァ、ヴァ、ヴァン男爵が援軍に駆けつけてくれたということですかな!?」

どのヴァン男爵だ。

おじさんのあまりにも大袈裟《おおげさ》な反応に、思わず自分ではない別のヴァン男爵がいるのではないかと思ってしまった。しかし、どうやら僕で合っているらしく、輝くような笑顔で近づいてくる。

「お、おお! 確かに! 何故気が付かなかったのか。その銀色の髪! 十歳ほどの見た目! いや、まさに噂《うわさ》のヴァン男爵ではありませんか! なんという奇跡か! これでようやく光明が……!」

目じりに涙さえ浮かべて、騎士のおじさんは熱弁する。それに呼応するかのように、周囲からはすすり泣く声まで聞こえてきた。

「……と、とりあえず、何がなんだか分からないけどワイバーンを倒してきます。放置しておくと危ないし」

「おお! 早速そのように気楽な調子で……! さすがはヴァン男爵! 何かお手伝いすることがありましたら何なりと……!」

「い、いやいや、何もしなくて良いですよ」

「分かりました！」

そんなやり取りをして、僕達はそそくさと部屋を後にした。外に出ると我慢の限界がきたらしく、パナメラが噴き出すように笑い出した。

「はっはっはっは！　いつの間にか有名になったものだな、少年？」

「た、多分、フェルティオ侯爵領だからですよ。僕も一応、フェルティオ侯爵家の人間でしたからね」

「謙遜するな！　羨ましいくらいだぞ」

と、パナメラは隙あらば茶化しにくる。時折見えるサディスティックな一面だ。いや、どちらかというと苛《いじ》めっ子《こ》気質というべきか。

「目立てば目立つほど厄介ごとがある気がするんですけどね」

溜め息交じりにそう呟き、大股で廊下を歩く。すぐに屋上へ向かう階段を見つけた。

「よし、急ぎでワイバーンを討伐して先行した人達の援護に行きましょうかね」


「……行きます」

アルテが小さく呟いた直後、ミスリルの装備に身を包んだウッドブロック製の人形が二体、地を蹴って飛翔《ひしょう》した。まるで風のように軽々と城壁から飛び降りると、そのままの勢いで崖を駆け上がっていく。

「おお、忍者みたい」

思わずそんな感想を口にしてしまった。集中するアルテには聞こえていなかったようだが、カムシンは興味深そうにこちらを見ていた。一方、パナメラはアルテの操る人形に目が釘付《くぎづ》けになっている。

「な、なんだ、あの動きは……」

掠《かす》れた声でそう呟くのが精いっぱいの様子。それに何故か僕の方が嬉しくなり、アルテの魔術の凄さを語る。

「実際にアルテの人形二体が数千人規模の騎士団を翻弄したと聞いています。残念ながらその雄姿は見られませんでしたが、一緒に行動した冒険者の皆がその活躍ぶりを教えてくれました」

「そ、そうなのか？　そういえば前にもアルテ嬢の人形を見ることはあったが、実際に戦う姿は見ていなかったな。まさか、あんな動きをすることが出来るとは……」

珍しく狼狽《ろうばい》するパナメラがアルテの人形に驚いていると、そのセリフの途中で人形が崖の上まで登り切り、ロケットが射出されるように空中へ舞った。

皆が驚きに目を丸くしている中、崖に戻ろうとしていたワイバーンと交錯した。その瞬間、目が良い者はアルテの人形が身長を超えるほどの長身の剣を振ったのが見えたことだろう。

その証拠に、アルテの人形とすれ違ったワイバーンは途端にバランスを崩して空中でぐるりと回転。頭を地面に向けた。

それも仕方がない。なにせ、ワイバーンの翼が一太刀で切り落とされてしまったのだ。まるで英《えい》雄譚《ゆうたん》に出てくる一幕のような光景である。

「な、なんと……っ！」

パナメラや騎士達が驚愕《きょうがく》の声を上げる。だが、アルテの人形の活躍はそれだけでは終わらなかった。ワイバーンが落ちていく間にももう一体の人形が地を駆けており、次のワイバーンを狙っている。それに気が付いたのか、崖の近くまで迫っていたワイバーンが飛行する角度を変えようとした。

だが、アルテの人形はその余裕を相手に与えず、瞬く間に崖の中腹まで登り、壁面を蹴って空へと飛びあがる。その跳躍は人間にはとても出来ないものだったが、僅かに高度が足りなかった。ワイバーンの下方をすれ違うように通り過ぎていき、まるで苦し紛れのように人形が剣を振った。

腕を限界まで伸ばし、ただ体を棒のように伸ばして剣の間合いを広げただけの行動。剣を使う者ならば、誰が見ても力が入らず挙動も安定しない初心者の悪あがきと断じたことだろう。強いて言うならば、身長より長いその大剣を棒きれのように振るった膂力《りょりょく》には目を見張るものがある。その程度の感想しか出ないはずだ。

だが、人形の振った大剣はワイバーンの足を掠った。刃先がワイバーンの足に触れたのだ。

鮮血が空中に舞う。僅かに触れただけだったように見えたが、結果、ワイバーンは片足を失ってぐらりとバランスを崩した。落下まではしなかったものの、ワイバーンに騎乗する傀儡の魔術師を振り落とすことには成功した。

突如として自らを制御する者がいなくなったワイバーンは、怪しい軌道で空を飛び、崖の壁面に衝突してから落下することとなる。その様子を見て、ようやくアルテがホッと息を吐いた。

「な、なんとかなりました……！」

プレッシャーを感じていたのだろう。アルテは花が咲いたような笑顔で振り向き、額の汗を拭う。

「うん、バッチリだったよ！　これですぐにはセンテナを攻撃に来ることもないだろうし、早くタルガ騎士団長とジャルパ侯爵を救出に行こうか」

そう告げると、アルテは頷いて人形達を呼び戻そうとする。しかし、パナメラとパナメラ騎士団長、それにセンテナ騎士団の面々はそれどころではなかった。

「ちょ、ちょっと待て!?　なんだ、今の一撃は!?　当たったかどうかも怪しい斬撃だったぞ！」

「多分、当たったから足が切れたんだと……」

「掠ったくらいで傷つくものか！　ワイバーンだぞ、ワイバーン！　まともに当てても傷一つつかんこともあるというのに……」

理解が追い付かないのか、パナメラはついに頭を抱えて天を仰いだ。そして、ハッとしたような顔になってこちらを見る。

「……そうか。そうだった。あの人形が持つ剣は、少年の作ったものか。あの常識外れの切れ味を持つ剣を人形に持たせているな？」

「もちろんですよ。むしろ、あの高い運動能力を最大限に生かす為に最高の装備で揃《そろ》えています。ぎりぎりまで軽量化したミスリルの全身鎧。そして、最高の切れ味を誇るミスリルの大剣……完璧ですよね」

何を当たり前なことを。そういったノリで返答したのだが、パナメラは呆れたように目を細めて睨《にら》んできた。

「……本来なら傀儡の魔術であんなことは出来ない。よく話に聞くのは使用人などを操って暗殺をするとかいったものだが、複雑な命令は出来ないという話だ。それに、距離や時間の制限もあったはずだが……」

「なるほど」

困惑するパナメラの言葉に相槌《あいづち》を打ち、情報を整理する。

本来、傀儡の魔術の適性を持つ者は名乗り出ることはない。なにせ、昔から暗殺などの犯罪に使われることが多かった魔術だ。情報も少ないし、あまり研究も進んでいないのだろう。

「もしかしたら、意思の力が関係してるのかも？　人間は高度な知性があるから、操るのが難しいとか……素材での違いはあったし、あながち見当はずれってわけでもないかな？　う～ん、どっちにしても、自分でやってみないと分からないなぁ」

なんとなくそんなことを呟きつつ、アルテの方を見る。すると、ちょうど人形達がアルテのもとへ戻ってきたところだった。

「……気のせいか？　人形は五体満足どころかまともな傷も見当たらないんだが」

パナメラが再び呆れたような声でそう呟く。

「まぁ、個人的には我がセアト村騎士団最強戦力の一つと思っていますからね。余裕ですよ、余裕。ふふふん」

自慢を隠すことなくそう答えると、アルテが照れたように首を傾げる。

「い、いえ、私なんてそんな……」

照れるアルテも可愛《かわい》い。後ろには抜身の大剣を持つ人形を二体控えさせているが、まぁそんなことは些細《ささい》なことだろう。

「……アルテ嬢が変わったとは思っていたが、こういう方向に変わっているとは……」

第四章 ★ 恐るべき事態

【ジャルパ】

最悪だ。ついこの前馬鹿どものお陰で陛下の御前で下らない失態を見せてしまった時、今日は人生で最悪の日に違いないと思っていた。

だが、そんなものは大したことではなかったらしい。

今がまさに、人生で最悪の瞬間であることに疑問の余地はない。

「閣下……っ！　やはり待ち構えておりました！」

「意外にも定石を好むじゃないか、雑魚どもめ……っ！」

左右からの攻撃を掻《か》い潜《くぐ》っての突撃だ。もちろん、相手が奥に待ち構えているであろうことは承知していた。

寸前で行われた作戦会議では、街道の狭まった箇所で待ち構えられているか、道を崩してせき止めて左右から矢の雨を降らせてくるだろうと予想していた。そのどちらであっても、止《とど》めには大砲が使われるはずだ。

シェルビア側からすれば、城塞都市まで進ませてしまうと敵の動向を予測し難《にく》くなる。出来ることなら陣形も選択出来ないような窮屈な環境に押し込めて、大砲で吹き飛ばしてしまいたいはずだ。

ならば、我らは敵が待ち構えているであろう場所の寸前で進行を止め、正面と左右を焼き払えば良い。騎馬での魔術行使は私もタルガも問題ないのだから、上手《うま》くいけば一方的に攻撃が可能だ。

そう思っていたのだが、予想外の事態に見舞われた。

「……っ！　閣下、前方にあるのは人の壁でも砦《とりで》でもありません！　成竜《ドラゴン》です！　おそらくは地竜の一種かと思われます！」

「馬鹿な……！　スクデットに引き続き二体目だと……っ!?　今、イェリネッタ王国との国境では総力戦に近い戦が行われているというのに、このセンテナにドラゴンを連れてきたのか!?」

敵の指揮官は頭がおかしいのか。それとも成竜《ドラゴン》という切り札がいくつも切れるほど手札が充実しているのか。

いや、今はそれどころではない。

「……こんな狭い場所でドラゴンのブレスなど冗談ではない！　一旦後退だ！　こちらに誘《おび》き出して周囲を囲む！　その間も常に動き続けろ！　敵の狙いはこちらの足を止めることだ！　止まれば大砲が……っ!?」

指示を出そうと怒鳴っていると、不意に嫌な音が聞こえてきた。

それは足音だ。地鳴りにも似た大人数の足音である。千や二千では足りない、一万にも手が届く大規模な突撃の音だ。

「やられた……！　まさか、大砲が囮《おとり》だとは……！」

左右から土煙を上げて迫る歩兵中心の軍を見て、自身の考えが致命的な失策であったことを悟る。

大砲よりも我が火の魔術の方が遥《はる》かに優れている。大砲なぞ、不意を突かれねば脅威となり得ない。そう思っていたが、どうやらそれは自分でも気づかぬうちに己の本心を押し隠す為《ため》の強がりだったようだ。

なにせ、この失策の原因は紛れもなく、大砲の脅威に怯えていたことに起因するものだからだ。頭の中で、敵は必ず大砲で我らを迎撃しようとするに違いないと思い込んでいた。

まさか、このような古典的な挟撃を使ってくるとは……！

「閣下！　我が騎士団はセンテナまで退却します！　構いませんな!?」

自身の戦術が致命的な失敗となった。その事実に呆然《ぼうぜん》となっていると、タルガが目の前に来て怒鳴った。その悔しさと苛立《いらだ》ちに染まる目を見て、ようやく思考が再開する。

「……分かっておる！　退《ひ》くしかあるまい！　魔術を使える者は全力で左右から迫る人壁に放て！先頭を潰すだけで足は大きく鈍る！」

「はっ！」

それだけ指示すると、自分自身も魔術の詠唱をしながら馬を反転させた。ストラダーレはその間に命令の伝達を行っていく。

退却するまでの時間稼ぎの為に、矢が大量に放たれた。一呼吸遅れて、中級程度の魔術が迫りくる敵軍に向かって放たれる。続けて、自分やタルガ達《たち》の魔術だ。上級魔術や特大魔術などとも呼ばれる広範囲の魔術である。

数は中級の魔術よりも少なくとも、その範囲は比べものにならない。

「業火の帯《フレア》」

その言葉とともに魔術を行使する。

右腕に装着した火龍の皮とミスリルを使った小手が炎に包まれ、生き物のように蠢《うごめ》く。

そして、炎は轟々《ごうごう》と燃え盛りながら勢いを増し、迫りくる兵士達へと向かっていった。

全てを呑《の》み込むような炎の帯が生ける者を焼きつくさんとし、人型の灰燼《かいじん》を作り上げながら地面を包囲していく。

反対側も大量の水による津波、土の魔術で作り上げられた槍衾《やりぶすま》。それらが効果を発揮して、雪崩のように斜面を下ってきていた大軍の足止めに成功する。

無意識に安堵《あんど》の息を吐きそうになり、背筋が冷たくなる。ここまでがイェリネッタの策略通りなら、これで終わりのわけがない。

わざわざ巣から出てきた鼠《ねずみ》をただで帰す愚策は冒さないだろう。

「安心するな……！　動きが止まっているぞ！　走れ……っ！」

顔を上げて声を張り上げる。

直後、空が暗くなった。

何も聞こえない。だが、身体中《からだじゅう》が痛いという感覚はあった。おかしい。馬に乗っているのに、右肩から腰、そして両足に何かが押し付けられているような気がした。

僅かに、視界が明るくなる。何が起きたのかは分からないが、今自分が全く動いていないのは理解出来る。危険だ。このままでは、大砲は来なくともあの厄介な成竜《ドラゴン》が来る。

滲《にじ》んでいた視界が、徐々に鮮明になってきた。

こちらに走ってくる馬が見える。馬鹿みたいにでかい馬だ。あまりの大きさに騎乗している者の顔も見えない。

おかしい。馬は目の前に来て、土が少し顔にかかった。なのに、何も聞こえない。馬の上から誰かが手を伸ばして叫んでいるようだが、何も聞こえない。訳もわからぬまま、馬上の主に向かって手を伸ばした。体を起こそうとして、酷《ひど》い眩暈《めまい》を感じる。そうか。私は今、地面に倒れているのか。

ふと見ると、見慣れたはずの自身の手が形を変えていることに気が付いた。指が二本、半ば程から失われている。これは、他にも大きな損傷を負っていそうだなと、まるで他人事《ひとごと》のようにそんな感想を抱いた。

「……侯爵閣下っ！」

馬を降りた騎士の決死の顔が、倒れたままの私のすぐ目の前で叫ぶ。ようやく我が耳が蘇《よみがえ》ってきたようだ。

「わか、っておる……少し、ま、待て……」

上手く口が動かない。自分の声もボヤけたような聞こえ方だった。音が聞こえるようになった途端、身体の痺《しび》れと頭痛が強く感じられた。腕を引っ張られて、無理やり立たされる。力強く引っ張られて、騎士の肩に体重を預けるような格好となる。

そして、惨状を知った。

騎馬隊の後方に大砲の攻撃が命中したのだろう。目の前には百を数える騎士や馬の死体があった。いや、もしかしたら生きているのかもしれない。しかし、戦場にあっては死んだも同然といった状況である。

騎士団を細かく分けたことが幸いしたと思うべきか。遠くを見ればまだまだ多くの騎士達が撤退を遂行中だった。

だが、見回すだけでも相当の数が大砲の餌食になっているようだった。

戦争は変わった。変わってしまった。その事実を、嫌でも思い知る。

少し離れた場所から馬に乗った大柄な騎士が向かってくる。その目を見張るような恵まれた体軀《たいく》。

見間違えるはずもない。タルガだ。

「閣下……！　閣下はご無事か!?」

タルガは自らが率いた騎士団はどうしたのだろうか。副騎士団長が率いているのかもしれない。

「こんな、ところに、し、指揮官が、あ、集まる、な……！」

我ながら掠《かす》れた声だった。だが、きちんと二人に聞こえたようだ。タルガは深刻な顔で頷《うなず》き、騎士の方を見た。

「閣下を馬に乗せることは出来るか？」

「タルガ様にご助力いただければ……私の体に紐《ひも》で固定しましょう」

そんな会話を聞き、激しく苛立つ。

「ば、馬鹿、な……だ、誰の世話にも、なら、ん……！」

そう言って騎士から離れようとしたが、すぐに二人に止められる。

「む、無理はいけません！」

「閣下は今、足が……」

その言葉に、視線を下げる。首が痛むが、それも気にならなかった。

確かに、我が右足の膝から下が失われていた。いつの間に処置をされたのか、腿《もも》の辺りをきつく縛り付けられているようだが、今もなお流血は続いている。

「……私をつ、連れて、いくのは、あき、らめろ。ス、ストラダーレと、合流、し、せ、センテナで、さ、再編成を、しろ」

自分を連れて戻れば全員が死ぬ可能性が高い。そうなれば、この防衛戦はどうしようもなくなる。

そう思っての言葉だったが、すぐに自らの考えが甘いことに気が付く。すでに、どう、しようもないのだ。

遠くで爆発音と地響きが聞こえた。タルガ達は暴れる馬を抑え込みながら退却の為の準備をしている。

深く、息を吐いた。もはや、己の自尊心を守っている場合ではない。私はこの地を守る上級貴族、ジャルパ・ブル・アティ・フェルティオ侯爵である。最善を尽くさねば、貴族の恥だ。

「……タルガ」

「はっ！」

名を呼ぶと、タルガが振り向いた。その目を見て、低い声で告げる。

「ヴァンを、呼べ。ヴァン・ネイ・フェルティオ男爵を……それ、い、以外に、勝ち筋は、無い」

【タルガ】

侯爵の口から出た、ヴァン男爵を呼べという言葉。その言葉に様々な感情が湧くが、今はまずこの場を離れることが先決である。

「た、タルガ様！　地竜がもうすぐそこに……！」

その言葉に、無言で頷く。

「距離が近すぎる。どうにか一撃見舞わねば逃げることも出来ないだろう」

そう口にしてから、迫りくる地竜に顔を向ける。

「皆を集めてセンテナへ走れ。閣下のことも頼んだぞ」

そう言ってから、意識朦朧《いしきもうろう》とする侯爵の体を片手で持ち上げ、騎士の馬に乗せた。騎士と侯爵の体を手早く固定すると、騎士は神妙な顔で顎を引く。

「……ご武運を。センテナには、タルガ様が必要です」

「分かっている」

それだけのやり取りをして、騎士は馬を走らせた。それを見送る間も惜しみ、詠唱を始める。ギリギリだ。もし地竜がブレスを使ったら、それだけで私の死は確定する。

「……黒緋地竜《ルフス》か。最悪だな」

現れた地竜の種類を把握して、思わず笑いが漏れる。地竜は頑強で知られるが、足が遅いのが定説だ。しかし、黒緋地竜《ルフス》は少々違う。森に棲《す》む森林竜の種類に近い形態なのだ。空を飛ぶことはもちろんないが、地竜の割には足が速く、俊敏である。そして、ブレスも範囲は狭いものの地竜らしい威力の高いものである。唯一の良い材料は地竜の特徴である頑強さは劣っている点のみだ。

「……土の槍衾《アーススパイク》」

魔術を行使した瞬間、地竜の前に人の胴ほどもある土の槍が無数に並び、壁を作り上げた。地竜は頑丈である為、土の魔術では対抗するのが難しい。せいぜいが動きを止めることが出来るかどうかである。

予想通り、地竜は多少動きを鈍らせたが、そのまま太い腕を叩《たた》きつけるようにして土の槍を踏み潰した。

「相性が悪いが、仕方あるまい……石壁《ロックウォル》！」

怒鳴るように魔術を行使すると、今度は地竜の前に五メートルを超える高さの壁が出現した。ただただ厚くして頑丈にしただけの工夫も何も無い魔術だ。

しかし、これで少しは時間も稼げるはずだ。

そう思って一安心した直後、近くで爆発が起きた。大砲かと思ったが、規模が小さいことに気が付く。

「黒色玉か……！」

急ぎで反転しながら周りを見ると、左右から迫っていた一団から騎兵が突出してきていたようだ。十、いや二十弱の騎兵がこちらの逃げ場を塞ぐようにして移動している。

さらに、その奥では退却する侯爵達を追撃する騎兵の姿も見えた。

「これは、厳しいか……！」

奥歯を噛《か》み締めて激情を抑え込む。口の中に血の味が広がるのを感じながら、どうにか出来ないかと思考する。

その間にも馬を操って移動を開始し、群れから逸《そ》れた一人を斬り伏せた。黒色玉が投げられて、周囲で連続して破裂する。

決死の覚悟でここを走り抜ける以外にない。早々に結論を出して一気に馬を走らせる。

大砲による爆発は絶え間なく行われているが、ここに来てある程度分かったこともある。

大砲は、逃げる相手を追って撃ったとしても思った通りには使えない。恐らく、狙いをつけるのが難しいのだろう。大概が見当違いな場所に飛んでいた。

むしろ、ここにきて恐ろしいのは近くで使って確実な効果が狙える黒色玉の方だ。もしくは成竜《ドラゴン》のブレスか。

「……ちっ！　追いつけぬか……！」

騎兵達の使う黒色玉は馬を走らせている限り回避することも出来た。しかし、侯爵の救援には間に合いそうにない。

もどかしい気持ちで侯爵達の背を目で追っていると、馬に乗った大柄な騎士の姿が目に入った。侯爵と同じ黒いマントをはためかせて、金色の牛が垣間《かいま》見《み》えた。

「ストラダーレ殿……！」

まるで見計らったかのような頃合いで駆けつけたストラダーレを見て、思わず声を上げてしまった。だが、驚くべきことはまだ後にあった。

侯爵達の斜め前方から駆けつけたストラダーレは、そのまま後方に迫っていた騎兵達へと突っ込んだ。玉砕覚悟の吶喊《とつかん》か。そう思うような勢いである。

しかし、訪れた結果は違った。ストラダーレは全力疾走する馬に乗っていたにも拘《かか》わらず、向かいくる騎兵達の首を刎《は》ねてみせたのだ。交錯する時間は僅かである。その間に、五人の騎兵の首が地を転がった。

ストラダーレはそのまま勢いを落とすことなくこちらに駆けてきた。

「助勢します」

「有難い」

短い言葉のやり取りだったが、それだけで意思が通じた気がする。

ストラダーレはどこまでもフェルティオ侯爵の右腕なのだろう。主人を守るべく、命を投げ出して足止めの手助けをするつもりなのだ。

黒色玉がいくつも爆発する中を疾走していくストラダーレの背中を見て、侯爵が羨ましくなった。いや、正確に言えば二人の関係が、だろうか。

「土の槍衾《アーススパイク》」

魔術を行使して、騎兵達を分断した。ストラダーレは一瞬でその意図を理解し、手早く近くにいた騎兵達を仕留めていく。

大砲による攻撃と黒色玉の爆発がそこかしこで起きているが、それでもストラダーレは止まらない。怯《おび》える馬を見事に制御し、次々と騎兵を切り倒していく。

「もう良いだろう」

最後に残った騎兵が退却したのを見てストラダーレに声を掛けた。

「承知」

ストラダーレは返事をしながら素早く切り返してくる。その後方から、石の壁を乗り越えた地竜が姿を見せた。思ったより時間を稼げたが、それでも自分達が脱出する時間があるかと問われれば難しいところである。

「……申し訳ないが、私は足止め程度しか出来そうもない」

「構いません。翻弄し、片目を潰してきましょう」

「……本気か？」

地竜を相手に軽口を叩く余裕があるのか。そう思って聞き返したのだが、ストラダーレは無表情に頷き、地竜に向かって走り出した。

まさかの行動に、流石《さすが》の私も度肝を抜かれた。慌てて魔術の詠唱に入ったが、同時に地竜も口を開いてブレスを放つような体勢になる。これは、回避することは出来ないかもしれない。

そう思った矢先、ストラダーレが何かを投げるのが見えた。地竜の足元で突如として何かが破裂する。

「黒色玉か……！」

いったい、いつの間に手に入れたのか。それとも最初から持っていたのか。いや、今はそんなことはどうでも良い。絶好の機会が巡ってきたのだ。

予想通り、地竜の顔はストラダーレに向いた。どちらが脅威か、取捨選択した結果だ。だが、それはあまりにも甘い判断だろう。

「大口を開けたままとは、品の無いことだ……石槍《ロックスパイク》」

魔術を行使した直後、地竜の口の前に巨大な石の槍が出現して上顎に突き刺さった。いかに地竜といえど、口の中まではその硬度を維持出来ない。貫通とまではいかないが、ブレスを中断させる程度の衝撃は与えられたはずだ。

耳を劈《つんざ》くような激しい咆哮《ほうこう》が響き、地竜が首を大きく振った。その衝撃で石の槍は粉々に砕けたが、その間にストラダーレは地竜の横を駆け抜けている。

「シッ！」

鋭く息を吐く音がここまで聞こえてきた。見れば、ストラダーレが振った剣が地竜の腕を切り裂いていた。骨までは切り裂けてはいないだろうが、それでも剣で傷を負わせたことは驚異的の一言に尽きる。

怒りからか地竜が腕と尾を振るって周囲を薙《な》ぎ払おうとするが、その時にはストラダーレも間合い外に離れている。人馬一体となった見事な戦いぶりだ。

「石壁《ロックウォル》……！」

地竜の動きが止まったことを確認して、詠唱していた魔術を発動させる。こちら側と地竜の間に巨大な壁が出来上がり、ようやく退却する余裕が生まれた。

「ここまでだ……！　退却する！」

「承知した！」

退却の指示を出し、了承する声が返ってくる。その直後、出来上がったばかりの石の壁の上部が轟音《ごうおん》とともに破壊された。成人男性の体ほどもある巨大な破片が無数に飛来し、その幾つかがこちらに迫ってきた。上半身を捻《ひね》ったが回避が間に合わず、右肩に激しい衝撃を受けて馬から投げ出されてしまう。

地面を何度か転がり、ようやくうつぶせの状態で地面に倒れこんだ。

「ぐ……」

苦痛に声を漏らし、肘を地面に突いて顔を上げる。運悪く、大砲が直撃したらしい。分厚く作ったはずの石の壁は上部が砕けており、そこに前脚をかける地竜の姿が見えた。

その光景を見た瞬間、絶望に視界が黒く染まったような気がした。


「す、ストラダーレ殿……」

今や最も頼りにしている侯爵家騎士団の団長の名を呼ぶ。あの瓦礫《がれき》の雨の中だ。もしかしたら……。

そう思ったのだが、すぐに馬で駆けてくる音が聞こえた。

「タルガ殿！　ご無事ですか!?」

大きな声を上げて現れたのはストラダーレだった。流石に無傷とはいかなかったのか、兜《かぶと》が外れて額から一筋の血を流している。しかし、四肢ともに健在であり、その眼《め》には活力があった。

「ぶ、無事だ」

そう答えて上半身を起こした。右腕は痺れて動かなかった為、左の手のひらで地面を押し、何とか立ち上がる。ストラダーレは私の様子を確認して無言で頷くと、遠くを見るように地竜の方向を一瞥《いちべつ》した。

「……こうなったら、死ぬまで戦うか。それとも万に一つの可能性に賭けて退却を選ぶか。どちらがお好みですか？」

その言葉に、思わず噴き出して笑った。

「ふ、はっはっは……！　好み、か。どちらかと問われれば、騎士らしく王国を守るべく命を賭して戦いたいものだ。願わくば、見事に地竜の首を斬り落として竜討伐者《ドラゴンスレイヤー》として名を馳《は》せたいところ」

右手も上がらないというのに何を言うか。自らをそう罵りながら軽口を口にした。それにストラダーレは静かに笑みを浮かべ、顎を引く。

「……奇遇ですな。私も、元部下が竜討伐を成し遂げてしまいまして……張り合いたいと思っていたところでした。お手伝いしていただけますか？」

「おお、勿論《もちろん》だ」

笑いながら返事をし、魔術の詠唱をしようと地竜に向き直った。もはや大砲を警戒して動き回る余力もない。出来ることは、ありったけの魔術を撃ち込んで地竜の注意を自分に向けることだけである。

さぁ、見事に死んでやろう。

視界の端で剣を構えるストラダーレを見て、そんなことを思い口の端を上げた。

次の瞬間、背の高い騎士が二人、風のような速度で横を走り抜けていった。

「な……」

そんな間の抜けた声しか出せなかった。初めて自分よりも背の高そうな騎士を見た、などという下らない感想が頭に浮かぶ。

魔術の詠唱のことも忘れて呆然と騎士の背中を見守っていると、二人の騎士は石の壁から上半身を露出させた地竜へと迫った。恐ろしい速度で走り抜ける騎士達は、壁にぶつかる寸前で地を蹴って跳躍。人間とは思えない動きで石の壁を駆け上がると、そのまま剣を振り抜いた。

身が竦《すく》むような地竜の絶叫と、空を赤く染めるような大量の鮮血。

右の騎士は石の壁にかかっていた地竜の前脚を一撃で切断してみせた。そして、左の騎士は地竜の下顎と上顎の一部を切り裂いてみせたのだ。

人間の膂力《りょりょく》とは思えない一撃だ。

それは、傍《わき》で見ていたストラダーレも同じように感じたらしい。目を見開いて目の前で起きている光景を眺めている。

だが、それだけで終わりではなかった。そのすぐ後に、空気を震わせる音と風を切り裂く音が同

時に鳴り響き、地竜が体を痙攣《けいれん》させた。

「な、何が……」

ストラダーレの戸惑う声が聞こえてくるが、何が起こっているのか分からないのだから、それに答えることは出来そうもない。

と、そうこうしているうちに地竜はのけぞるような格好で後方へと倒れていってしまった。状況を把握しようと必死に目を凝らしてみると、石の壁に黒い点が見えた。先ほどまでは無かったはずだが、もしかしたらあれは穴なのかもしれない。

「……まさか、何かが石の壁を貫通して更にその向こうにいる地竜の体を貫いた、ということか？」

自分で言っていて信じられないことだが、そう考えたら辻褄《つじつま》が合う。混乱しているのか思考が上手くまとまらない。どこかで、竜の鱗《うろこ》を貫通する矢のことを聞いた気がしたのだが。

そう思った時、気の抜けた子供の声が聞こえてきた。

「だーいじょーぶでーすかーっ!?」

かなり離れた場所から声を上げているようだが、妙に響く声だ。振り返ると、後方に数十の騎兵と不思議な形状の馬車が複数台目に入った。

先頭の馬車の御者席には見事な鎧《よろい》を着こんだ騎士と子供二人の姿があった。中心に座る銀髪の子供を見た時、ようやく噂《うわさ》を思い出せた。

フェルティオ侯爵家の末息子であり、十歳にも満たぬのに爵位を授かった神童。確か、嘘《うそ》のような戦果、武功を挙げ続けていると聞いたが……。

「ご無事そうですね！　間に合って良かった！　とりあえず、こちらの馬車に乗ってください！」

傍《そば》に来て馬車を停《と》めた少年は、こちらを見てホッとしたように微笑《ほほえ》んだ。とても戦場でするような笑みではないが、何故《なぜ》か違和感がない。

「……有難い。ヴァン・ネイ・フェルティオ男爵、で間違いありませんか」

「はい。ヴァンと申します。まぁ、自己紹介はまた後で！　とりあえず、こちらの馬車に二人は乗れますよ。砲撃があるかもしれないので、急いで乗ってください」

「む、申し訳ない」

確かに、悠長過ぎたか。そう思い、一礼してから馬車に乗車した。大きな馬車だったが、それよりも先に不思議な形状に驚く。上部には巨大な攻城矢らしきものが取り付けられているが、まさかこれを使って地竜を撃ち抜いた、なんてことはあるまいな。

様々な疑問を持ったまま、馬車の中に入った。すると、一番に気の強そうな美女の姿が目に入る。その姿は生粋の軍人だ。次が場違いなメイドと人形のように美しい少女の姿だ。

先程から予想外の状況が続き過ぎて、まともに反応も出来なかった。

「……失礼する。私はセンテナの守護を命じられた国境騎士団の騎士団長、タルガ・ブレシア。此《こ》度《たび》は、助勢していただき感謝する」

一先《ひとま》ず、全員に向けて軽く自己紹介と挨拶をする。それに金髪の美女が足を組んで座ったまま肩を竦めた。

「この地を防衛せねばスクーデリア王国は滅亡の危機すらありえる。気になさることもあるまい……ああ、私はパナメラ・カレラ・カイエン。ヴァン男爵の同盟者として共に防衛の加勢に来た」

「パナメラ子爵。貴女《あなた》があの……」

パナメラの名を聞いて、思わず眉間に皺《しわ》が寄る。恐ろしく有能な人物であり、血筋も関係なく子爵にまで成り上がった傑物だ。しかし、敵対する者には一切の容赦をしないという噂も聞いている。

「……あの、とはどういう意味かな？　タルガ殿。是非ゆっくり聞かせてもらいたい」

「あ、いや、他意はないのだ……それでは、突然で申し訳ないが同席させていただく」

しどろもどろになりながら誤魔化し、そっと空いている席に座らせてもらった。外から見るよりも室内が広い馬車だ。メイドの隣に座ったのだが、四人もいて室内はなおゆとりがある。

自分自身でも他者より体が大きいと自覚しているが、それでもゆったり座れているのだ。ストラダーレもそれなりに大柄だが、問題はないだろう。

そう思って扉の方を見たが、そこにストラダーレの姿は無かった。代わりに、先ほどの銀髪の少年の姿が現れる。

「ストラダーレ団長に交替するように言われちゃった」

ヴァンはそう言ってばつが悪そうに苦笑しつつ、馬車の中に入ってくる。そして、何食わぬ顔でパナメラと少女の間に座った。

第五章 ★ 最強の援軍

久しぶりにストラダーレに会ったが、なんと声を掛けて良いか分からなかった。ストラダーレからすれば敗戦の最中であるし、こちらとしては侯爵家から追い出された身だ。気軽に久しぶり、なんて挨拶で良いものだろうか。

そう思っていると、ストラダーレの方から声を掛けられた。

「ヴァン様、ご助力いただきありがとうございます」

「大丈夫だよ、王国の危機だからね。センテナを防衛しなかったら間違いなくフェルティオ侯爵領がボロボロにされちゃうし……侯爵家はともかく、侯爵領に住む皆のことは大好きだからね」

冗談めかしてそう告げると、ストラダーレは額から流れていた血と汗を片手で拭い、抜身の剣を胸の前に掲げた。

「……この御恩は、生涯忘れることはないでしょう。もしヴァン様の身に危機が迫った時は、私が身命を賭してお助けいたします」

「ははは、ありがとう。まぁ、そんな重く受け止めなくて良いから、馬車の中で休んでてよ。すぐにセンテナまで引き返すから」

笑いながら返事をすると、ストラダーレは表情一つ変えずに首を左右に振る。

「いえ、ヴァン様の身に何かあってはいけません。申し訳ありませんが、ヴァン様が馬車の中へお入りください。私は馬がありますので、馬車の周囲を守らせていただきます」

「え？　疲れてない？　大丈夫？」

「疲労など気にしている場合ではありません。休むのは後でいくらでも出来ます」

と、ストラダーレはひどく真面目な顔でそんなことを言った。それに思わず噴き出して笑う。

「あっははは！　ディーそっくりだね。それじゃあ、お願いしようか」

そう言うと、ストラダーレは目を丸くしてキョトンとした。たっぷり一秒も間を空けて、初めて微笑《ほほえ》みを浮かべる。

「ディー殿とそっくりですか。光栄ですな」

それだけ言って、ストラダーレは馬に跨《また》がって走り出す。近づこうとする騎兵の姿が見えたから、それを追い払いに行ったのか。

「……よし！　ここは危ないから全速力で戻るよ！　ロウ、カムシン！　よろしく！」

「はっ！」

気を取り直して指示を出し、御者席から飛び降りて馬車の中へと移動した。

馬車の中に入ると、妙に肩身が狭そうな様子の大男の姿があった。その正面にはアルテ、パナメラが座っている。ティルの姿が見えないと思ったら、大男がでかすぎて見えていないだけだった。

「ストラダーレ団長に交替するように言われちゃった」

格好がつかないなぁ、などと思いながらそう言って馬車の中を見回す。どう考えても、大男の隣は座れそうにない。

他意はないが、美少女と美女の間に座ることにした。紳士で有名なヴァン君に他意も下心もないのは言うまでもない。

「それでは、改めて自己紹介をしましょうか。ヴァン・ネイ・フェルティオと申します。微力ながら、防衛の手助けが出来たらと思い馳《は》せ参じました」

簡単な自己紹介をすると、大男は膝に手を置いて頭を下げた。

「有難い……私はセンテナを守護する国境騎士団の団長、タルガ・ブレシアと申します。シェルビア連合国とイェリネッタ王国の猛攻に籠城では守り切れないと判断し、起死回生の為《ため》に出陣しましたが、御覧のあり様です」

そう口にして、タルガは自らの体を指さした。タルガはすでにボロボロといった様相だった。単純に血に塗《まみ》れているというだけではない。鎧《よろい》などの身に着けている物も激しく傷つき、歪《ゆが》んでしまっている。どれだけの激戦だったのか、タルガの姿を見るだけで察することが出来そうなほどだ。

「……まずは、センテナを最高の状態に戻しましょう。戦力を整え直して、そこから反撃です」

そう答えると、タルガは無言で深く頷《うなず》いたのだった。


「アルテ、左後方をどうにか出来る？」

「あ、はい……！」

お願いすると、アルテは素早く傀儡《かいらい》の魔術で二体の人形を走らせた。二体の人形が敵軍に突撃すると、敵軍の隊列が乱れ、一部が完全に瓦解する。

「パナメラさん、右後方に魔術をお願い出来ますか？」

「高くつくぞ？」

援護を要請すると、笑いながらパナメラが馬車の窓から上半身を乗り出し、魔術による炎の槍《やり》を敵軍に向けて放った。炎が迫るという視覚的効果と魔術への恐怖心はやはり根強いらしく、アルテの傀儡の魔術よりも明らかに敵軍の足止めの効果を発揮していた。

その二人の魔術を見て、タルガは驚きを隠せないようだった。

「……パナメラ殿の魔術はもちろんだが、あの騎士を操る魔術も驚くべきものだな。アルテ嬢、だったか。あの魔術で操っている騎士についてだが、どれだけ遠くまで動かすことが出来るのだろうか」

「え、えっと……多分、一、二キロくらいでしょうか？　それ以上は操れているのか分からなくなってしまいます……」

大柄のタルガに見下ろされているのに、アルテはなんと相手の目を見て答えることが出来た。まだ怯《おび》えの色は見えるが、それでも引っ込み思案のアルテにしてはとても頑張っている。

タルガはアルテの怯えを気にしてか、浅く頷いてからこちらに目を向けてきた。

「噂《うわさ》では、ヴァン男爵は恐るべき兵器発明家であると聞いていたが……ヴァン男爵の躍進にはそれ以外の理由もありそうですな」

「もちろんですよ。ディー騎士団長率いるセアト村騎士団と、最強の土の魔術師であるエスパーダ率いるエスパ騎士団。更に同盟相手のパナメラ子爵。そして、こちらのアルテ嬢の魔術。皆の協力があるから、僕は何とか生きていられますからね」

「……なるほど」

そんなやり取りをしながら、僕達《たち》は無事にセンテナへと退却することが出来た。

「開門！　急げ！」

城壁を守るセンテナ騎士団が城門を開放する声が聞こえた。馬車の窓を開けて顔を出すと、すでに僕達以外の騎士達はセンテナへ撤退が完了しているようだった。後ろを確認すると、ストラダーレも付いてきている。

「……良かった。とりあえず、壊滅だけは防げたみたい」

ホッとしながら小さく呟《つぶや》き、城門を潜《くぐ》ってセンテナ内へと入った。城壁に守られた中庭に馬車を停《と》めて、ようやく安全な状況になったと肩の力を抜く。

正直、戦場を見た時は防衛戦も不可能かと諦めかけたくらいだった。なにせ、戦争による損害のほとんどがスクーデリア王国側である。反撃を試みたものの見事に撃退され、さらに追撃を受けて散り散りになるセンテナ騎士団とフェルティオ侯爵騎士団。すれ違うことはなかったが、どうもフェルティオ侯爵本人も手傷を負って退却したらしい。これでタルガやストラダーレが戦死していたらもう立て直せなかっただろう。

と、そこまで考えてマイダディのことを思い出した。

「あ、ジャルパ侯爵はどこですか？　防衛の為に作戦会議をしようと思いますが」

タルガを見上げてそう尋ねると、タルガは険しい顔で唸《うな》る。

「……閣下は、かなりの負傷をしてしまった。もしかしたら、危険な状況かもしれない」


扉をノックして、タルガが低い声を発する。

「タルガだ。ヴァン男爵をお連れした。失礼する」

そう言って扉を開けると、室内はまさに戦場だった。ベッドの周りに複数人が立って手を動かしており、更に水の容《い》れ物《もの》や新しい布を持った人が走り回っている。

「もっとしっかり止血しろ！」

「早く水を持ってこい！」

喧騒《けんそう》が飛び交う中、僕はベッドに寝かされた人物の顔を凝視していた。

顔面蒼白《がんめんそうはく》の我が父の顔を見て、何も考えられなくなっていたのだ。肩や腕、腹部にも包帯が巻かれているのだが、何よりも足である。右足の膝から下が失われていたのだ。ベッドは真っ赤に染まってしまっており、太ももの辺りを強く縛って血液の流出を止めようとしているのだが、止血が上手《うま》くいっていないようだ。

「わ、私もお手伝いします！」

ティルが声を震わせながら応急処置の手助けを申し出て走り出す。それを眺めてから、ベッドの方へ歩を進めた。

近づくと、ジャルパの容態が想像以上に悪いことに気が付く。意識はなく、呼吸も浅く細かい。顔色はほとんど真っ白だ。

「……ヴァン様」

名を呼ばれて振り向くと、アルテが涙目で僕の手を握ってきた。何を言うわけでもないが、アルテなりに僕を励まそうとしてくれているのだと感じることが出来た。アルテの優しさに思わず目頭が熱くなるが、涙は堪《こら》えて頷くだけにとどめる。

隣に立つタルガを見ると、険しい顔でジャルパを見下ろしていた。

「……ヴァン殿。厳しいことを言うようだが、最悪の事態は覚悟しておくべきかと」

タルガがそう告げると、後ろに立っていたストラダーレが表情を歪めるのが見えた。自分の中で、ストラダーレは武士のような存在である。寡黙で、剣や戦に一生懸命で、仕えると決めた相手に忠義を尽くす。そんなストラダーレが、唯々《ただただ》無言でベッドに横たわるジャルパを見つめているのを見ると、また涙が出そうになってしまった。

カムシンとロウはジャルパの顔ではなく、心配そうに僕を見ている。心配をかけてしまっているなと自覚しながらも、何も応えることは出来なかった。

一方で、ティルは騎士に怒鳴られながらも必死にジャルパの顔の汗を拭きとったり、新しい水を運んできたりしている。その場にいる皆が懸命な介抱をしているのだが、どう考えても良い方向にいきそうにない。

室内に絶望感が漂い始める中、腕を組んで状況を注視していたパナメラが溜《た》め息《いき》を吐《つ》いた。

「……はぁ。あまり、恨まれたくはないんだがな」

愚痴を呟くように口にされたその言葉に、何を言っているのかと振り向く。すると、刃物のように鋭いパナメラの目がこちらを見ていた。

パナメラは手のひらを自らの顔の前に持ってきて、口を開く。

「……生きるか死ぬかは分からないが、止血の処置は出来るぞ。ただし、今の状態だと生存率は一割を切ると思え」

そう呟いて、パナメラは小さく何か呟いた。直後、パナメラの手首から上が赤い光を放つ。炎が手のひらを包み込むように燃えていた。

「……や、焼くってことですか？」

そう尋ねると、パナメラは肩を竦《すく》めてからジャルパを見た。

「多少止血は出来ているが、あのまま少しずつでも流血が続けば、間違いなく侯爵は死ぬだろう。焼けば止血は出来る……ただし、私の経験上、焼いたことで死んだ者も多い。もしそうなったら、少年は私を恨むだろう？」

「……恨みません。お願いします」

パナメラの言葉に強い覚悟でそう返事をした。すると、パナメラは困ったように笑い、ジャルパの方へ向かう。

「……家族の死とは、それほど簡単に割り切れるものじゃないんだがな。まぁ、何もせずに看取《みと》っても恨まれるか。損な役回りだよ、まったく」

パナメラは切なそうにそう言ってから、ジャルパのすぐ隣に立った。騎士やティルがパナメラの言葉を聞き、動きを止める。

「そこの者。侯爵の足の布を取れ。止血している包帯は解くなよ？」

「は、はい……！」

パナメラに命じられて、騎士の一人が足先に巻いていた布を取り去った。真っ赤に染まった布を取り去ると、赤黒い血に塗れた足の断面が露出する。とてもではないが、凝視することは出来ない。

「……っ！」

アルテが僕の手を握る力を強めた。横を見れば、肩を震わせるアルテと目が合う。一方、パナメラは一切動じることなく、炎をまとった手のひらを露出した足の断面部分に近づけていく。

肉が焼ける音と、息を呑《の》む音。そして、肉を焼かれたジャルパのくぐもった唸り声が聞こえてくる。

「ひ……っ」

戦場の過酷さというにはあまりにも凄惨な現場に、アルテが息を呑んだ。見れば、ティルも顔面蒼白でジャルパを見つめている。手を胸の辺りでキツく握り締め、唇を振るわせながらもジャルパから目を離さずにいる姿は、まるで尼僧が祈りを捧《ささ》げるようだった。

「……とても信じられませんが、峠は越えましたな」

騎士団に配属されている軍医がそう答えた。その言葉を聞き、広間にいる者達はホッと息を吐く。

「流石《さすが》は侯爵。戦いに明け暮れただけあって生命力があるな」

パナメラは軽口のようにそう言って鼻を鳴らしたが、安心したような微笑を浮かべている。だが、すぐにこちらの視線に気が付き、面白くなさそうに表情を歪めた。

「惜しいことをしたな、少年。状況が状況だから、侯爵が亡くなったら我々は陞爵《しょうしゃく》だけでなく、広大な領地も得ていたかもしれんぞ？」

と、憎まれ口まで叩《たた》く始末。素直じゃないパナメラに苦笑しながら、僕は誠心誠意頭を下げた。

「ありがとうございます。パナメラさんのお陰で我が父は命を取り留めました」

そう告げると、その場にいた騎士達も一斉に一礼して感謝を表明する。それはストラダーレだけでなく、タルガも同様だ。

「……まぁ、賭けに勝っただけだ。結局、生き残るかどうかは本人の運次第だからな」

パナメラはそれだけ言って肩を竦めると、背を向けてジャルパの方に顔を向けた。

「……気持ちの切り替えは簡単ではないでしょうが、戦いは続いています。我々は一足先に態勢を立て直す為の防衛会議を開きます。それでは」

場が落ち着いたのを見計らって、タルガが退出していく。今も副騎士団長が陣頭指揮を執っているが、やはり気になったのだろう。

それに続き、ストラダーレも顔を上げた。

「この御恩は、必ずお返しします」

低い声でそれだけ言い残し、タルガの後を追って退出するストラダーレ。それを横目に見て、パナメラは肩を揺すって笑う。

「あの実直な騎士は本当に貴族の出か？　真っすぐ過ぎるな」

パナメラがそう呟くと、タルガは浅く頷いた。

「良い騎士です」

「ふん」

それだけやり取りすると、パナメラはこちらに振り向く。

「少年、私は作戦会議に行ってくる。今は戦いの真《ま》っ只中《ただなか》だ。多少の時間は与えてやりたいが、出来るだけ早く戦線に復帰してもらう……酷なことを言うが、許せよ」

パナメラはそう告げると、こちらの答えも待たずに踵《きびす》を返して部屋を後にした。

「……ヴァン様」

パナメラが出ていくと、アルテとティルが隣に来て手を握ってくれた。二人は目に涙を溜めてこちらを見ている。僕を心配してくれていることが伝わってきて、胸が温かくなったような気がした。

二人に微笑を返し、口を開く。

「大丈夫だよ。さぁ、ちゃちゃっと防衛しようか。この要塞を最強の防衛拠点にしないとね」

そう告げて、僕はストラダーレを見上げた。

「ストラダーレは動ける？　もし気持ちの切り替えが出来そうなら一時的に協力してもらいたいんだけど」

尋ねると、ストラダーレは静かに拳を握り、細く長い息を吐いた。そして、横たわったままのジャルパから視線を外してこちらに振り返る。

「お任せください。今、私は侯爵家騎士団を預かる身です。その全ての騎士はヴァン様の手足だと思ってください」

ストラダーレは低い声でそう口にした。

「ありがとう。じゃあ、一緒に行こうか」


広間の外に待っていた兵士に声を掛けると、作戦会議が行われている場所に案内してもらえた。

扉をノックして中に入ると、そこでは大きなテーブルを囲んで鎧を着た人達が怒鳴り合うような勢いで議論をしていた。しかし、議論の内容は一向にまとまる様子がないものに思える。

「だから！　このままでは守り切れないと言っておる！　だというのに、何故《なぜ》動かないなどという選択が出るのだ!?」

「しかし、動いた結果がこれですぞ!?　どちらにせよ玉砕ならば、勝てる可能性がある方を選ぶというもの！」

「少しずつ指先から摺《す》り潰されるような負け方を選ぶのか!?」

　傷だらけの中年の男達が激しく怒鳴り合う。その様を、パナメラは明らかに不機嫌そうな表情で睨《にら》んでいた。不意に、パナメラは僕が部屋に入室したことに気が付き、不敵な笑みを浮かべる。

「タルガ殿。フェルティオ家の総指揮官が現れたぞ」

　パナメラは渋面を作るタルガにそう言った。すると、タルガは「おお！」と感嘆の声とともにこちらを振り返った。その視線を追うように、他の騎士達もこちらへ顔を向ける。皆の視線を独り占めしながら、僕はテーブルの方へ向かった。

「あ、どうもどうも……交ざっても良いですか？」

　少し遠慮がちにそう言いつつ、テーブルの前に立つ。少し高さがあった為、テーブルの上に両手を乗せて爪先立ちになってみる。テーブルの上には地図が広げられており、その上に黒と白の石が並べられていた。

「これは……白がセンテナ側で、黒がイェリネッタ王国軍とシェルビア連合国軍？」

「その通りです。石一つで千人の騎士と同等です。私やパナメラ子爵も石一つとして数えています」

　タルガはそう言うと、地図上の石を順番に指さしながらそんな解説をする。それを聞きながら、地図上の石を数えてみた。

「白い石が五個……黒い石は、三十個？」

そう口にすると、テーブルを囲む男達の顔が曇った。そして、タルガが代表するように地図上の黒い石を見て答える。

「はい。これでも黒い石の数はかなり減らすことが出来ました。当初は白い石が十七個、黒い石が七十個といったところでしたから……」

「その減った白い石の一つが、フェルティオ侯爵だね」

何となくそう言うと、タルガが沈痛な面持ちとなり押し黙る。グッと歯を食いしばるような音が聞こえて振り返ると、ストラダーレが険しい顔で地図を睨んでいた。ストラダーレの目には怒りの色が浮かんでいたが、それは敵に対してなのか、それとも主人を守れなかった自分に対してなのか。

「……はい。我がセンテナ国境騎士団がおりながら、情けない限りです」

タルガが口惜しそうに呟いたので、両手を左右に振って苦笑する。

「あ、すみません。別に責めてるわけじゃないので……とりあえず、今後の話をしましょう」

そう口にしてから、地図の外に退《ど》けられた白い石を十個だけ地図の上に戻す。すると、地図を睨んでいた騎士達が目を瞬かせる。

「……ヴァン男爵。これは？」

困惑する騎士達を代弁してタルガが聞いてきた。それに胸を張って答える。

「白い石の一つはパナメラ子爵。もう一つはこちらのアルテ嬢。そして、残りは我がセアト村騎士団。あ、パナメラ子爵騎士団もだった」

最後に一言付け足してから、慌てて白い石をもう一つ追加した。

「ふん。変な気を遣うな」

僕の行動を見てパナメラが鼻を鳴らしてそんなことを言った。内心でガクガク震えながらも、何とか気を取り直して地図を指さす。

「本来なら籠城していればこのぐらいの戦力差なら一ヶ月は耐えられるでしょう。しかし、今回は相手には黒色玉や大砲、さらにはドラゴンまでいます。先ほど一体は倒しましたが、まだまだいると考えておいた方が良いですからね。そうなると、この砦《とりで》は何日も守れないと思います」

地図上で石を綺麗《きれい》に並べつつ、自分なりに分析を口にしていく。その言葉尻に乗っかるようにして、先ほど打って出ると進言していた騎士が声を上げた。

「うむ、その通り！　なればこそ、ここは起死回生の一手に出るしかあるまい！」

と、威勢よく吠《ほ》える。しかし、その言葉に首を左右に振って口を開く。

「いえいえ、打って出たら玉砕は目に見えてますよ。あの左右に広がる山々が危険ですし、かといって野戦を仕掛けたら少数の方が大きく不利です。パナメラさんに全ての山を燃やしてもらう、なんていう手段もありますが、それは流石に範囲が広すぎて大変なことになります」

騎士の言葉を明確に否定すると、勢いづいていた騎士はガクッと前のめりに転びそうになった。中々良いリアクションをする人物だ。覚えておこう。

「そ、それでは、やはり籠城でしょうか……？　もしかして、大規模な援軍が？」

今度は籠城を進言していた騎士が眉を顰《ひそ》めてそんな質問をした。それに対して、僕はもう一度首を左右に振る。

「ど、どういうことですか!?　出撃もしない、籠城もしないとなると……後は砦を捨てて退却しか……」

動転した様子で別の騎士が声を荒げる。その言葉に、皆の目が不安の色に染まった。指揮官が退却と決めれば、全ての騎士は退却しか選びようがないだろう。一部が残ったところで意味はない。しかし、戦局を左右する重要な拠点を放棄したとあれば、後で裁判にかけられることは間違いない。そして、有罪の可能性は極めて高い。そんな心配をしているのだろうとすぐに察することが出来た。だが、もちろん退却などしない。いや、本当は退却したいが、今回は出来ないと言った方が正しいか。

「退却はしません」

端的にそう告げると、一部の騎士がホッとしたような、残念そうな複雑な顔をした。だが、タルガやパナメラは更に険しい顔となる。

「……どういうことだ？」

低い声でパナメラが呟く。小さな声なのに、一瞬で室内の空気が凍《い》てついた気がした。パナメラの姉御ってば、火の魔術適性なのに氷の魔術も出来るんじゃないだろうか……いや、そんな冗談は口が裂けても言える空気ではないが。

「えっと、正確には出撃もしますし、籠城もします。片方に偏らないで防衛をしようと思っています」

そう答えると、パナメラとタルガの目が点になった。二人がよく分かっていないようだったので、地図上に新たに白い石を五個設置した。

「時間がありません。まずは、追加の戦力としてこの白い石五個を準備しましょう。準備をしながら、作戦の詳細を説明します」


なんだかんだでヴァン君も男の子である。いや、なんだかんだも何もなく、立派に男の子なのだが、それはまぁ良しとしよう。

男の子が好むものが幾つかある。乗り物だったり、大きな生き物だったり、はたまた科学的な事柄だったり、新しい機械類だったり……ヴァン君もそれらが大好きなのだが、他にも好きなものがあった。それは歴史である。

いや、歴女という言葉がある通り、歴史好きの女子達の存在は知ってはいるが、周りにいた歴女はやたらと幕末好きが多かった。ヴァン君はもっぱら戦国時代である。特に織田《おだ》さん、豊臣《とよとみ》さん、徳川《とくがわ》さんは比較しても面白いし、エピソードも波瀾万丈《はらんばんじょう》で魅力的だと感じる。もちろん、武田《たけだ》さんと上杉《うえすぎ》さん、伊達《だて》さんや真田《さなだ》さんも好きだ。

つらつらと語り出すと大変なことになるので割愛するが、個人的には大軍を相手に少数で打ち破った、みたいな話が最も盛り上がる。そして、次に好きなのが圧倒的な軍勢から知恵を使って領土や城を守り抜いた、といった話である。

まさに、このセンテナ防衛戦がそれに相応《ふさわ》しい。

そんな事情もあり、ヴァン君は気合が入りまくっていたのだった。

「それでは、作戦通り城壁の上はセンテナ騎士団とフェルティオ騎士団の合同部隊で守ってもらいます！　さらに、タルガさんを含め土の魔術師の皆さんは僕と一緒に砦の強化作業！　パナメラさんとアルテも準備は良いかな？」

「は、はい……！」

「任せておけ」

皆に指示を出すと、厳《いか》ついおじさん達が一斉に動き出し、パナメラさんやアルテのような麗しい女性達も良い返事をしてくれた。おお、武将になった気分。

ウキウキしながら指示を出していきつつ、自分はバリスタを作っていく。すでに十台のバリスタを作ったので、次は鉄の矢だ。ウッドブロックでも十分な威力となるが、鉄製だと飛距離が伸びる。やはり鉄が一番である。

「……！　ヴァン男爵の予想通り、シェルビア連合国は早々に動き始めたようです！　斥候からの報告では、現在こちらから姿は見えずとも大軍が陣形を組んでいるとのこと！」

「おお、やっぱり。それじゃあ、もう飛竜とかも飛び出したかな？」

「いえ、飛竜の姿は見えません！」

城壁の上で斥候からの手旗信号を確認したセアト村騎士団の団員が報告してくれた。しかし、まだワイバーンを出さないということは、何か狙っているのだろうか。確かに、バリスタが照準を合わせて矢の射出を行ったタイミングでワイバーンを出せば、空へ照準を合わせ直すのは難しい。しかし、そこまで考えているのかどうか。

「……いや、有能な武将は相手を過小評価しないもの。うむ、最大限の警戒を持つべし」

と、自分で自分を戒める。もう気分は歴史上の知将である。そんな間の抜けたことを考えつつ、城壁の上の皆に向けて指示を出す。

「相手はバリスタに狙われないように飛竜の出撃を遅らせているかもー！　とりあえず、今のところは予定通りに対応してねー！」

「了解です！」

その返事とともに、セアト村騎士団は各地点に散って警戒を続けた。セアト村騎士団の団員は平均的に優れた視力を保持している為、城壁や砦の最上階などに配備している。

順調に矢を作っていると、やがて城壁の上から緊張感を孕《はら》んだ声が聞こえてきた。

「き、来ました……！」

その声に、皆がざわつき始める。城壁下でカムシンやティル、アルテと一緒に準備をしていたのだが、三人の表情も強張《こわば》った気がした。

「どんな陣形ー？」

セアト村騎士団の団員に問いかける。すると、城壁の上からすぐに返事があった。

「薄く左右に広がっているような感じです！　前方に二つ、真ん中に一つ、後方に二つ！」

「ちょっと意味が分からないけど、紐《ひも》とか帯みたいにびよーんってなって五部隊に分かれてるってことで良いかなー？」

「あ、そうですね！　そういった陣形です！」

と、適当なやり取りをしつつ、頭の中で想像する。地図で考えると奥の方は丘や森のせいで道が狭まった場所がある。縦長に陣形を組んで、広い場所に出たらそのまま陣形を変化させていったのだろうか？　そうだとすると、かなりの練度の騎士団である。

もし細長い行列を作って行軍していたのなら、その列の中で指揮官がいる場所に横から突撃する桶狭間《おけはざま》アタックも狙えたかもしれない。惜しいことをした。

いや、今は敵の動きを把握して次の行動に繋《つな》げることが大切だ。

「相手もよく考えてるねー！　そうなると、バリスタでの攻撃力が半減しちゃうから、大砲を狙う作戦に変えようかー！」

「はい！　了解です！」

相手の陣形を聞き、作戦変更の指示を出す。理想的なのはアルテの人形を警戒して重装歩兵で固まり、防御力を高めつつ進軍してくる策をとってきたら嬉《うれ》しかったのだが、残念である。

「敵軍、大砲が届く距離に入ります！」

「え？　もう？」

追加の報告を聞き、驚いて顔を上げる。矢はかなりの数を作ることが出来たので、急いで動くことにする。

「バリスタにはそれぞれ五本ずつしか矢を準備してないから、急いでこの矢を補充しよう。カムシン、セアト村騎士団の皆と一緒に矢を配ってくれる？」
「はい！　すぐに持っていきます！」

カムシンにお願いすると、勢いよく走りだした。まるで鉄砲玉のようである。カムシンが部隊を招集し、代わりに城壁の上で指示を出していたロウが階段を下りてくる。

「ヴァン様！　大砲らしき物の発見報告がありましたが、すでに二十を超えています！　バリスタでも追いつかないかもしれません！」

「よし、中心に近いものから先に狙ってバリスタを使おう！　届くと思ったらどんどんやってね！　矢はまだまだいっぱい作るから！」

「承知しました！」

少し焦った様子のロウに、笑いながら指示を出す。ディーやアーブがいないから不安なのかもしれない。そう思って、出来るだけ余裕を見せて返事をしたつもりである。

ロウはすぐに反転、城壁の上まで上がってバリスタを構える騎士達に指示を伝えていく。今回、バリスタの狙いを定めるのはセアト村騎士団の団員だが、直接操作するのはセンテナ騎士団の騎士達である。なにせ、連れてこられるセアト村騎士団の人数が少なかったので仕方がない。もし接近を許した場合は超最強機械弓部隊が必要なのだから、あまりバリスタに人員を割り振れないという部分もある。

こんな子供の言うことを屈強な騎士達が聞いてくれるのだろうか。そんな心配もあったが、今は誰もが防衛に向けて全力を尽くそうとしている為、素直に指示に従ってくれていた。

「バリスタ、発射します！」

「はい、どうぞー！」

一番に準備が出来た中心のバリスタを操作する騎士から確認の言葉が聞こえたので、軽く返事をしておく。直後、大気を震わせるような低い重低音が鳴り響いた。バリスタの発射音だ。

「め、命中……！」

「おお……！」

「なんという威力だ……」

どうやら成功したらしい。最初の一発目が上手くいくと皆の肩の力も抜けるだろう。

「よーし、どんどんいくぞー！」

景気づけに掛け声を掛けると、ロウは頷いて次々に発射の指示を出していった。連続してバリスタが発射され、地響きとともに敵軍を蹴散らす。いや、蹴散らしているはずである。

とはいえ、相手が左右に広く分かれるような陣形を選んでいるのなら、うまく大砲に当たらないと効果は低いだろう。バリスタは回転が遅い為、大軍を相手にするのは厳しい。セアト村くらい大量にバリスタがあれば良いが、急ごしらえなのでそうもいかないのだ。

「……っ！　大砲が……！」

色々頭の中で考えながら矢を準備していたら、まさに恐れていた攻撃が始まってしまった。城壁から誰かの声が聞こえたと思った直後、激しい爆発音と大地を揺らす振動が足を震わせる。鼓膜が痛くなって顔を顰《しか》めながらも、何とか状況を確認する。

「どこに落ちたのー!?」

「城壁の手前です！」

怒鳴るように尋ねると、ロウが怒鳴るように返答した。爆発の後でよく聞こえたものだ。

「よし、今撃った大砲めがけてバリスタ発射！」

「はっ！　バリスタ、発射しろ！」

そんなことをしている内に、今度は反対側の城壁に大砲による砲撃が行われる。まだまだ発展途上の大砲なので命中率は極めて悪いが、威力は絶大だ。そして、今度の砲撃は運悪く直撃してしまった。

城壁の一部が崩落、最悪なことに上部にあったバリスタの一台も崩れた城壁と一緒に地上まで落下してしまった。

「負傷者が出た！　救護！」

タルガの声が聞こえた。タルガには防衛側の隊長を役目として割り振った為、誰よりも早く自らの役目の為に動き出している。

「ヴァン殿！　城壁補修に動けますか！」

「はーい！　すぐに行きますー！　もう魔術を使っても良いですよー！」

「承知！」

タルガは素早く返事をして詠唱を開始した。続けて、タルガの部下に割り振られた土の魔術師達も詠唱を開始する。僕が現場に着く頃には土の魔術による城壁周りの修復が始まっていたほどだ。

実に頼もしい。タルガの迅速な行動に内心で称賛の声を送りながら、出来たばかりの城壁を固めていく。理想は鉄筋コンクリートだが、材料が少し足りないのでコンクリートもどきだ。

形を整えていくと、瞬く間に壊れる前より分厚くて豪華な城壁が出来上がる。

「お、おお……」

「まさか、これほどの速度で……」

驚愕《きょうがく》する声が四方から聞こえてきて思わず「むふふ」と笑いそうになるが、それどころではない。

表情を引き締めて振り返り、アルテを見た。

「アルテ！　お願い出来るかい？」

そう告げると、アルテは胸の前で両手を握り、強く頷いたのだった。

【イスタナ・イェリネッタ】

このセンテナ攻略戦に参加が決定した時から、ずっと思っていた。何度かコスワースにも進言もしたはずだ。しかし、これ以外に方法はないと一蹴されてしまった。

私も王子である。覚悟を決めないといけない部分はある。それぐらいは分かっているが、それでも自身の命が関わるとどうにか出来ないかともがきたくなる。

「兄上！　退却を！　この戦場はもう勝てません！」

最後の進言だ。そう思って、真っ向からコスワースに自身の判断を告げる。しかし、コスワースは怒りに頬を紅潮させた。

「イスタナ。今がまさに正念場だ。ヴェルナー要塞でのことを思い出して不安になっているのかもしれんが、今回はスクーデリア王国の主力がおらず、最も脅威としていたスクーデリアの番人も倒れたと報告を受けている。我らが誇る火砲や飛竜もまだまだ控えている。これから……」

努めて冷静に説明をしようとしているコスワースの台詞《せりふ》に、焦りを覚えて思わず言葉を被《かぶ》せるようにして否定の言葉を口にする。

「違います！　スクーデリア王国王家騎士団もフェルティオ侯爵も関係ありません！　あの、恐るべき築城術がより驚異的なものになっていました！　この僅か数ヶ月の間にです！　おそらく、例の不死身の騎士もここに……！」

「黙れ！　懸念は理解したが、まだこちらは全戦力を出していないのだ！　騎士とて火砲の直撃で死ぬ可能性もある！　今は黙って見ておれ！」

コスワースは怒鳴ってこちらの進言を無視した。こうなったら意見ももはや聞いてもらえないだろう。言われた通り黙って後ろに下がり、ただただコスワースの思惑通りにいくことを祈るだけである。逃げ出してしまいたいが、逃げ出せば弟達以上の誹《そし》りを受けるのは目に見えているし、逃げたところで行く場所も無いのだ。

【コスワース・イェリネッタ】

「コスワース殿下！　センテナの城壁が再び修復されました！」

「……予想以上の技術だな。火砲が連続で命中しないと崩せないとは」

遠方からの為明確には分からないが、火砲の直撃で城壁は大きく崩れてはいるようだ。連続で命中すれば跡形も無いはずだが、順番に修復されているような状況では簡単ではない。

「飛竜を出しますか」

騎士団長に確認されて、数秒ほど頭の中で戦場の動きを想定する。

「……そうだな。敵の弩《ど》の狙いを攪乱《かくらん》させたかったが、何よりも先に城壁を崩す必要がある。さもなければ、展開した騎士達が接近する前に全滅してしまうだろう。予定通り、飛竜は左右から挟み込むように大きく孤を描いてセンテナに向かい、黒色玉を降らせろ。そうすれば二、三体はセンテナに到達するはずだ。空からの黒色玉と火砲による集中砲火。混乱している間に崩れた城壁から一気に攻め込む。良いな」

「は！　承知いたしました！」

作戦の第二段階への移行を指示すると、騎士団長は力強く返事をして動き出した。その様子を確認していると、新たな報告が届く。

「コスワース殿！　城壁に計五発の火砲が命中！　その度に城壁は崩れていますが、数十秒で一カ所ずつ修復されています！　また、修復された城壁は火砲が命中しても一撃では崩れません！」

「なに!?」

火砲で壊せない壁と聞き、思わず怒鳴り返す。ただの築城技術ではないということか。それとも、何か仕掛けがあるのだろうか。

「どちらにせよ、やはり時間を掛ければ掛けるほど不利になるのは明白だ」

そう呟き、顔を上げる。覚悟を決めた。ここで勝てなければ、我がイェリネッタ王国は終わりだろう。

「……最後の地竜を出せ。私も戦闘に参加する」

そう告げると、イェリネッタ王国の騎士団は厳しい表情で頷き、シェルビア連合国の面々は不安そうに返事をした。

すぐさま魔術師隊で陣形を組み、その外側に火砲部隊を並べて出陣する。地竜を先行させて注意を引き、魔術と火砲によりセンテナを遠距離から攻撃する算段だ。相手の攻撃目標を分散させることが出来、最も効果が期待出来る飛竜からの黒色玉の投下を成功させることが肝要である。

頭の中で戦場の構想を練り直しながら戦場に立つと、また空気が変わったような気配を感じた気がした。

「……センテナでまた何か変化があったのか？」

気になってそう呟き、馬上からセンテナを睨むように見る。すると、不思議な光景が見えた気がした。

「こ、コスワース殿！」

同時に、先頭の方で部隊を率いていたタウンカー伯爵が馬を繰って戻ってきた。タウンカーは血相を変えて馬上に乗ったまま報告を行う。

「コスワース殿！　センテナより敵が現れました！　我が騎士団は先端で既に衝突！　中央を食い破られて陣形が崩壊していきつつあります！」

「……では、あの光景は見間違いではないのだな？」

タウンカーの言葉に、どこか遠い世界の言葉のような感覚でそう返事をした。視線を戻すと、地竜の向こう側では冗談のように人が吹き飛ばされ、悲鳴や絶叫がここまで聞こえてきている。タウンカーはなんと答えて良いのか分からないのか、複雑な表情でこちらを睨んでいた。

「敵の数、状況をもう少し詳細に話せ」

「は、は……っ！　敵は見上げるような長身の騎士二人！　手には槍のように長い直剣と体の半分を覆えるようなタワーシールドを持っております！　見間違いかもしれませんが、城壁の上から落下するようにして現れ、恐るべき速度で我が騎士団に接敵！　剣の一振り二振りで五人から六人の騎士を斬り飛ばして走り続けているとのことです！」

報告を聞き、より現実感が無くなっていく気がした。思わず笑い声さえ上げてしまう。

「最悪の想定をしていたはずだ。その対処を着実に行え」

そう告げると、タウンカーは恐ろしい形相で歯を噛《か》み鳴らす。

「っ！　その場合、我が騎士団の多くが犠牲になります！」

「全軍が崩れるより余程良い。素早く実行せよ」

「……犠牲になるのは、我がシェルビア連合国の騎士団ですぞ！」

タウンカーが憤怒の咆哮《ほうこう》を上げた。激しい抗議に、議論の余地はないと視線を移す。

「副団長、タウンカー伯爵に代わり指示を伝えよ！　魔術師隊による土の魔術で足止め！　その後、火砲でその騎士二名を打ち滅ぼせ！」

「はっ！」

タウンカーを無視して奥にいるイェリネッタ王国の騎士団副団長に指示を出すと、即座に私の指示を伝えに走った。タウンカーは愕然《がくぜん》とした顔でそれを見送り、口を開く。

「……勝てるのでしょうな、コスワース殿」

「勝つしか道は無いのだ。イェリネッタも、シェルビアも」

地の底から響くような声でタウンカーが確認の言葉を口にして、私は仕方なくそう答えた。馬鹿馬鹿しい質問だが、答えないと納得しないだろう。


【ヴァン】

目で見ながらでないと騎士を操れない。

アルテがそう言うので、ロウとカムシン達に守ってもらいながら城壁の上に移動した。危ないので城壁の上に半円上の防護壁も設置する。お台場のビルみたいだ。

「ヴァン様、すぐに下に戻りましょうね。すぐですよ？」

顔面蒼白のティルがそう言うので、苦笑しながら頷いておく。

「行けそうかな？」

防護壁に横一文字にスリットを作り、そこから戦場を見ながらアルテに問う。すると、アルテは肩を震わせつつ、しっかりと頷いて答えた。

「……大丈夫です。一対の銀騎士《アヴェンタドール》、お願い！」

アルテが祈るように魔術を行使する。直後、防護壁の外で大きな物音がした。防護壁のスリットから細くて長い人形の手と、ぎらりと光るミスリルの大剣が見える。

おお、やっぱり人間みたいに滑らかに動くなぁ。そんなことを考えて眺めていると、不意に二体とも城壁の下へと飛び降りてしまった。中規模程度の砦とはいえ、城壁はかなり高い。軽装の鎧はともかく、人形の体はウッドブロック製である。強度は鉄ほどだと思うのだが、大丈夫だろうか。

集中しているアルテの邪魔はしないように黙っていたが、内心ではハラハラして地面に落下した人形の姿を目で追っていた。

しかし、余計な心配だったらしい。アルテの人形達は地面に着地すると同時に走り出し、真っすぐに敵騎士団のもとへ向かっていった。あの速度なら、大砲の照準を合わせることも出来ないだろう。気を付けるべきは別のものだ。

「アルテ、黒色玉に気を付けて。誰かが何か投げるような動作を見せたら、すぐに左右どちらかに避けてね」

「は、はい！」

アルテは僕の指示に素直に返事をしつつ、必死に人形を操っている。距離がかなり近くなったと思ってアルテに人形を出してもらったのだが、それでも思ったより遠い。アルテの魔力が心配である。

そう思った直後、アルテの人形付近で複数の爆発が起きた。やはり、黒色玉を持っていたか。

「か、回避しました」

「よし。それじゃあ、相手が無暗《むやみ》に黒色玉を投げられないように、敵騎士団の中を走りながら攻撃しよう」

「分かりました！」

次の指示を出すと、アルテはすぐにその通りに人形を動かした。爆発によって生じた粉塵《ふんじん》を突き抜けて、アルテの人形達は一瞬で敵の騎士団の列に突っ込んだ。

まるでボウリングでピンを倒すような勢いで横に広がる敵の騎士団の中を走り続ける二体の人形。その凄《すさ》まじい戦いぶりに、一部の騎士は剣を捨てて逃げ出すほどである。まぁ、斬られても突かれても気にせず走ってくる騎士が現れたら、僕だって逃げるだろう。超怖いもん。

「ヴァン様！　飛竜です！　飛竜がやってきました！」

と、アルテの人形の恐ろしさに身を震わせていると、今度は飛竜がやってきたなどと報告された。スリットに近づいて何とか空を見上げると、確かに斜め上空にワイバーンらしき影が見える。かなり高い場所を移動中のようだ。

「あれはバリスタでは無理だね。パナメラさん、どこかにいるかな？」

スリットから頑張ってパナメラの姿を探す。すると、防護壁のスリットの外側からにゅっとパナメラが顔を出した。

「呼んだか？」

「うわぁ！」

驚いて後退《あとずさ》ると、パナメラはげらげらと楽しそうに笑う。今も砲撃されて音や振動が伝わってきているというのに、豪胆な性格だ。

「驚かさないでくださいよ！」

文句を述べるが、パナメラは意地悪そうな笑みを浮かべたまま首を左右に振る。

「驚かせたつもりはないぞ。呼ばれたから顔を出しただけだ」

そんなことを言われて、確かに驚かせようと大声を出したわけではないなと考えを改める。いや、パナメラの性格上驚かせようとした可能性の方が高いが、ここは性善説を信奉しよう。

溜め息を吐き、ワイバーンの方を指さして頼みごとを口にした。

「パナメラさん。あのワイバーン達をどうにか出来ますか？」

「もともとそういう作戦だろう？　どうにかしてみせるさ」

お願いすると、パナメラは獰猛《どうもう》な笑みを浮かべて離れていった。その十数秒後、空が急に赤く染まる。

「お、おお……！」

「これは、フェルティオ侯爵に匹敵するぞ……！」

防護壁の外ではバリスタを扱っていた騎士達が空を見上げて驚愕の声を上げている。どうやら、パナメラは上手くワイバーン達を追い払ってくれているようだ。

「ストラダーレ団長！　バリスタ隊の指揮をしつつ、パナメラさんを守ってね！」

「はっ！」

城壁の上を走り回っていたストラダーレを見つけて、更なる仕事を追加した。ブラックな現場に慣れているストラダーレは迷いなく了承する。

「よしよし、それじゃあ、アルテの人形達を帰らせようか」

戦場に視線を戻してそう口にすると、アルテが目を丸くして振り返った。

「え？　もう帰らせて良いのですか？　まだまだ、奥の列はそのままですが……」

どこか残念そうに自分の意見を口にするアルテに、珍しいものを見たような気分になりつつ、戦場を指さす。

「一応、これは籠城だからね。あれだけ陣形が崩れたらバリスタだけで十分だよ。どちらかというと、今は空に集まろうとしているワイバーンの方が怖いかな。人形達にワイバーンを追い払う手伝いをしてもらおうと思って」

「はい、分かりました」

防衛の方法について説明すると、すぐにアルテは頷いて人形達を操る。それを確認してから、防護壁の一部に扉を作って外に出た。

「で、出て大丈夫ですか!?」

ティルが真っ青な顔でそう聞いてきたので、片手を振って城壁の下を指さす。

「もう届く距離の大砲が撃てる状況じゃなくなっているはずだから、今のうちに城壁を直しに行こうと思って……今の間に何カ所か壊れちゃったでしょ？　アルテとティルはそこにいてね。カムシンは付いていてきてくれる？」

「もちろんです！」

忠犬のように走って付いてくるカムシン。ロウはセアト村騎士団に指示を出しに言ってもらったから、急いで城壁の下へ移動することにする。二人だけではやはり少し不安である。

城壁の下では慌ただしく土の魔術師達を連れたタルガが走り回っていた。

「タルガさーん！　今補修したところはどこですかー？」

声を掛けると、ホッとしたような顔になったタルガが体ごとこちらに振り向いた。

「西側です！　今から崩れたままになっている東側の壁を補修しに向かいますが、構いませんか!?」

「はーい！　それじゃあ、西側の補強が終わったらそっちに向かいますねー！」

「助かります！」

距離の離れた状態でそんなやり取りをして、お互い背を向けるようにして移動を開始する。タルガは僕がアルテに指示を出している間、土の魔術だけで崩れた城壁を補修していたのでかなり大変だっただろう。土の魔術で壁を作るのは大変な上に、魔力の供給を止めるとすぐに崩れ始めてしまうのだ。城壁の高さや厚さの関係もある為、二手に分かれて対処することは難しいに違いない。

急いで西側の城壁に向かって土の壁を固めてしまわないと、敵の侵入を許してしまうこともあり得る。

「敵が退却したら二度と壊されないような城壁を作らないとね！」

「そうですね！　ヴァン様が作った城壁なら完璧だと思います！」

カムシンによいしょしてもらいながら駆け足で砦の西側へと走っていく。今のままの攻城戦しかしてこないのであれば何とかなる。地形的に砦の裏側へ回り込んで取り囲み、物資の補給を断つといった手段も難しいのだ。

気を付けるとしたら、毒や疫病の心配だろうか。昔の戦争で、わざと死体を敵の陣地に送り込んで疫病を流行《はや》らせるなんて戦法があったらしいが、この状況では選択しないだろう。そうなったら死体は全てパナメラに焼いてもらえば良い。

どちらかというと、一番怖いのは対処出来ない量の飛竜による空中爆撃などだ。まだ砦本体が強化出来ていないので、砲撃や爆撃で砦を崩されたら多くの死者が出る上に、混乱状態に陥って防衛どころではなくなるだろう。

「……今のところはワイバーンも五体程度しか同時に現れていないけど、油断は出来ないよね」

そんなことを呟きながら走っていると、すぐ後ろを走っていたカムシンが突然大きな声を出した。

「ヴァン様！　危ない……っ！」

白銀の光の線が、まるで吸い寄せられるかのように僕の顔めがけて閃《ひらめ》いた。まるでスローモーションのように、光の線を作りだしている綺麗な両刃の直剣が迫ってくるのが視界いっぱいに広がる。

直剣かと思ったが、どちらかというと刺突剣に近いか。少し長いが、よく刺さりそうな鋭利な刃先をしている。

その剣の先が、顔に触れそうなほど接近したその時、目の前で甲高い音を立てて火花が散った。耳が痛くなるような金属と金属の衝突音。そして、思わず目を瞑《つぶ》ってしまうような光。反射的に地面を転がるように倒れ込んで次の攻撃を避けようと動く。

「チッ！」

舌打ちが聞こえたと思ったら、次の瞬間には再び甲高い音が鳴り響いた。

「ヴァン様、お逃げください！」

必死に叫ぶその声を聞いて、どうやらまずいに違いないと感じて地面を横にころころと転がってみる。謎の敵は、恐らく自分から見て少し右側にいて、右手で剣を突き出してきたはずだ。なので、少しでも離れられるように左側に転がってみよう。

と、そこまでゆっくり考察する時間も無かったので直感的にそのように動いて移動した。すると、その直感が正しかったと証明するように、すぐ近く、右耳の横に地面に何かが突き立つような音が聞こえ、振動が伝わった。

「避けられたか！」

先ほどの舌打ちとは別の人物らしい。地面の土が少し口に入ってしまったが、そんなことはどうでも良い。苦いしジャリジャリするが、文句を言わずに地面を両手で押すようにして立ち上がった。

パッと顔を上げた瞬間、目の前に二人の男が立っているのが分かった。右手の方ではカムシンが別の人物二人と向き合っている。全員が剣を手にしており、なんの迷いもなく僕に向かって剣を突き出してくるのが分かった。

「ひょえ!?」

反射的に反復横跳びのように地面を蹴って更に左側へと跳んだのだが、変な声が出てしまった。恥ずかしい。

「すばしっこいぞ!」

「足を狙え!」

「俺が回り込む!」

四人の男達は相当訓練されているのだろう。ほぼ同時にそんなことを口にしながら、まるで一つの生き物のように陣形を変えて包囲しようとしてきた。全員が真っ黒な衣装に身を包んでおり、鎧と言える部分も見当たらない。もしかしたら服の下に鎖帷子《くさりかたびら》のような防刃の鎧を着ているのかもしれないが、それにしても軽装だ。

そのせいか、四人のうちの二人が斜め後方へ移動する速度が驚くほど速い。前に二人、後ろに二人と囲まれてしまったらどうしようもなくなるだろう。

しかし、その内の一人はすぐに陣形から外れてこちらに背を向けた。何事かと思ったら、男の向こう側で甲高い音が連続して響く。

「行かせるか!」

カムシンだ。まだまだ相手の肩ほどの背しかないカムシンが、必死に自らの刀を振って男の行く手を阻もうとしている。切れ味は極上のはずだが、あの男達の剣は何製なのだろうか。まさか、ミスリル以上の素材を使った剣なのか。

一瞬、三人の男がカムシンを先に倒すべきかと動きを止めて視線を彷徨《さまよ》わせた。すると、更に男達の後方から低めの女の声が聞こえてくる。

「そこの子供は一人で十分だ。お前達は予定通り、男爵を狙え」

「はっ！」

男達を指揮している存在が控えているようだ。

「……これは、走って逃げることは出来ないかな？」

困ったように笑いつつ、腰に下げていた自分専用の得物を抜く。二本のオリハルコン製の片刃剣だ。

「今宵《こよい》の我が愛剣は血に飢えていたりいなかったり……ってぇ!?」

少しでも時間を稼ごうと剣を両手にポーズを決めようとしたのだが、それを隙ありと判断した無粋な輩《やから》が剣を突き出してきた。がむしゃらに両手の剣を振りながら後退ると、剣の腹で相手の剣を弾《はじ》いてしまった。防げたのは素晴らしい幸運だったが、欲を言えば刃の部分で当てることが出来たら相手の剣を切り裂くことも出来ただろうに。

そんなことを考える暇も与えてくれず、男達は次々に剣を手に迫ってくる。

「くそぅ！　モテ期が来てしまった！」

泣きたくなるような気持ちで剣を振り回しつつ、後方へと下がっていく。相手の剣はまるで雨のように三方向から突き出されてくるが、何とかぎりぎりのところで回避していた。

だが、流石に限界が来る。

「つぁ……っ」

手に衝撃が走り、持っていた剣の一つを落としてしまう。横に向けて振った剣を上から剣で振り下ろされてしまったのだ。その衝撃に思わず手を放してしまい、大事な愛剣の一つが失われてしまう。

「痛い！　手が痺《しび》れる！」

痛みと焦りから思わず文句が口を突いて出る。それに、三人の男がにやりと笑みを浮かべた。

「ヴァ、ヴァン様……！」

少し離れていたが、カムシンが僕の状況に気が付いて声を上げた。そして、刀を思い切り地面と水平に振りながらこちらへ掛けてくる。その一撃は今までのものとは違ったのか、カムシンの相手をしていた男は剣を使って全力で防御の姿勢を取っていた。

そして、男の剣はカムシンの刀に一撃で切断される。こちらに向かって走りながらの斬撃の為男の方は無傷だが、それでも足止めと戦力ダウンには貢献しただろう。

一方、主人のヴァン君も絶賛戦力ダウン中である。挙句の果てに追い詰められて斬られる寸前だ。恥ずかしい。

そんなことを考えていると、三人の男はカムシンの接近に気が付き、何一つ言葉を発さずにそれぞれが行動を開始した。なんと、背後から迫るカムシンを無視して三人とも僕に向かって走ってきたのだ。たとえ自分が死んだとしても目的を遂げようとする。そんな気迫が見てとれた。

これでもディーに鍛えられた僕である。カムシンほどではなくとも、アーブやロウとも互角に戦えると自負している。二人ならば、何とか時間稼ぎは出来た。一人がカムシンに向かってくれれば、少しは戦えたと思っている。しかし、三人ではどうしようもない。カムシンも間に合いそうにないし、覚悟を決める時がきたのかもしれない。

「……僕が死んだら、カムシンがティルとアルテを守ってあげてね」

油断なく剣を構えて迫りくる三人の男を眺めつつ、カムシンに向かって遺言のような言葉を口にする。あまり大きな声ではなかったが、それでもカムシンには届いたらしい。

「……ヴァン様っ!!」

血を吐くようなカムシンの声を耳にしながら、少しでも生存の可能性を上げるべく更に左側へ向かって地を蹴った。三人が三方向から向かってくるとは言っても、左に移動すれば左手側の敵には近づくが、反対に右手側、カムシンがいる方向の相手からは離れることが出来る。同時に三人ではなく、僅かな時間でも一対一になる瞬間が欲しかった。

相手の剣を、必死に弾きながら移動をする。思惑通り、一人の剣は弾くことが出来た。だが、第二、第三の剣がこちらに向けて迫っている。可能性は低いが、返す剣で中央の相手の剣までは弾けるかもしれない。だが、三人目はどうすれば良いのか。とてもではないが、三つ目の行動は間に合いそうにない。

いや、今は何を考えても仕方がない。出来ることは、命がけで二人目の剣を防ぐことだけだ。二人目の剣は、もしかしたら致命傷だけは避けることが出来るかもしれない。

望みは薄いが、それが最善のはずだ。

一瞬の思案と判断。危機的状況ながら、感覚は今までで一番と言えるほど鋭敏に研ぎ澄まされている。

結果、自分の予想以上に正確に体を捻《ひね》ることが出来た。上半身を斜めに倒して力を吸収しながら、腰を捻って最速で剣を返し、二人目の男の剣に向けて振るう。

甲高い音が鳴り響き、衝撃が小指まで突き抜けた。自分で自分を褒めてやりたいほどの剣技で、二人目の男の剣も弾いて攻撃を防ぐ。

だが、想定していた通り、三人目の剣はどうしようもなかった。最速で左に振った剣を返して右に振り抜いた為、剣筋を安定させる為に腰を落として重心も下がっていて、とてもではないがすぐに動けるような状態ではない。

これは、本当に死ぬかも。

恐ろしい速度で突き出される剣の刃先を見ながら、どこか他人事《ひとごと》のようにそう思った。

しかし、次の瞬間、目の前から剣が消えた。自分に向けられていた凶器が突如として消失したのだ。

剣を持っていた男の姿はそのままだ。その証拠に、剣を持っていた格好のまま手を伸ばしてきている。何か、別の方法で僕を殺そうとしているのか。いや、そういうわけでもなさそうだ。なにせ、剣を持っていた男も驚き、その場で立ち止まってしまっているのだから。

「な、何が起きた……!?」

鬼のような形相で、男は自らの手と僕の顔とを見比べて、すぐに何かを取り出そうと腰に手を回した。

その間に、背後から助太刀に来ていたカムシンが追いついた。無防備な背中を斬られて、男はくぐもった悲鳴を上げて地面に倒れ込む。

「……だ、大丈夫ですか……ヴァン様……」

肩で息をしながら、カムシンはそう口にした。その両手には、一振りの刀と一本の剣が握られていた。

カムシンが何かをした。そう直感的に理解したが、今は何をしたか確認している暇も無い。

「い、いかん！」

「早く斬れ！」

一人を斬られて、男達《たち》は剣を持ち直して向かってきた。だが、こちらも先ほどまでとは状況が変わったのだ。一人はカムシンの後を追ってきているが、少し距離がある。残りの二人なら、カムシンと二人で時間稼ぎくらいなら出来るだろう。

「意外と手《て》強《ごわ》いと思うよ、子供二人でも」

「ヴァン様に剣を向けるな！」

窮地を脱した途端に余裕が出てきて軽口を言ってしまう天才少年ヴァン君と、いつでも真面目なカムシン。二人で男達の剣を受けるが、やはりカムシンの刀では中々相手の剣を切断するのは難しそうだった。

一方、僕の素晴らしきオリハルコンの剣は暗殺者の剣など一刀両断である。

「暗器とか持ってるかも！　気を付けてね！」

「は、はい！」

剣を失って何かしようとする男を追撃せずに距離をとり、カムシンに助言をする。カムシンは素早く刀と剣を両手で扱い、剣を盾代わりに相手の剣と打ち合わせ、すぐにもう一方の手に握られた刀で相手を斬った。刀は相手の腕の内側を切り裂き、切断まではされずとも片手が使えない状態にすることに成功する。

負けていられないと顔を上げた矢先、男達の背後から何かが迫ってくるのが視界に入った。

「カムシン、避けて！」

怒鳴りながら地面に横向きに倒れ込むと、すぐ真上を高速で飛来する何かが通り過ぎた。ほぼ同時に、地面に何かが突き刺さる音が連続して聞こえてくる。倒れた格好のまま顔を上げて後方を振り返ると、そこには氷の塊が幾つも地面に突き刺さっていた。氷柱《つらら》のような先が尖《とが》った氷の塊だ。

隣を見ると、カムシンも地面に倒れ込むようにして何とか氷の塊を回避することに成功していた。

「何者かが奥から魔術による攻撃を仕掛けてきています！」

カムシンはすぐに意識を切り替えて刀を振りながら立ち上がり、そう怒鳴った。遅れて立ち上がるが、頭の中では作戦を組み立てられずにいた。これで、二人で逃げることも出来なくなった。後ろを振り返って走れば、間違いなく今の魔術で終わりだ。

どうすれば良いか。

頭が痛くなるほど策を練っていたまさにその時、後方から怒鳴り声が響き渡った。

「あそこだ！　ヴァン様を守れ！」

低い男の怒鳴り声に続き、複数人の咆哮《ほうこう》が聞こえてくる。振り向かずとも、それがストラダーレの声だと分かった。

「……くっ！」

「ここまでだ！　退却する！」

暗殺者三名が逡巡《しゅんじゅん》する中、例の女の声が聞こえてきた。その指示を受けて、弾《はじ》かれるように三人の男が背を向けて走り出す。カムシンが一瞬追いかけそうになったので、その横顔に声を掛けて止めた。

「カムシン。あとはストラダーレ団長に任せよう」

そう言うと、カムシンはピタリと動きを止めて振り返る。それを確認してから、その場に座り込んだ。僕達の左右を騎士達が走って通り過ぎていく。

「ヴァン様！　ご無事ですか!?」

一歩遅れて、隣にストラダーレが現れた。ストラダーレは剣を抜いた状態で隣に立ち、油断なく周囲を見回している。

「いやぁ、城壁上と補修に全員が掛かり切りになっているところをやられたね。次から砦《とりで》の中でも護衛を五人以上連れて歩こうかな」

「必ずそうしてください。ロウやヴァン様の騎士団はどこに行ってしまったのですか」

硬い声でストラダーレがそう口にする。これは冗談を言うと本気にしてロウを殴ってしまうかもしれない。そんな空気だ。

「ああ、ロウとセアト村騎士団には城壁の上でバリスタ部隊の補助をお願いしたんだよ。なにせ、バリスタが幾つか壊されてしまったからね。数が減ったら命中率を上げるしかない」

ロウが怒られないようにそう告げたのだが、ストラダーレからは険しい目で見られた。

「……たとえヴァン様の命令だったとしても、ロウには護衛を進言する義務がありましょう」

怒りを滲《にじ》ませる声でそう呟《つぶや》き、次にカムシンの方を見る。その手に敵の剣と僕の作った刀を握る姿を見て、ストラダーレは深く息を吐いた。

「……確か、ヴァン様が買った奴隷の子だったか。お前は素晴らしい働きをした。奴隷の身で騎士爵を受けることは出来ないが、私はお前のことを騎士として認める」

ストラダーレがそう告げると、カムシンは会釈するように頷《うなず》いて応える。

「ありがとうございます」

精強なるフェルティオ侯爵騎士団の団長から認められたのだ。カムシンの出自が奴隷であろうと関係ない。何よりの名誉となるだろう。

「良かったね、カムシン」

我がことのように嬉《うれ》しい。そう思って笑顔でカムシンを労《ねぎら》ったのだが、ストラダーレは顎を浅く引いてこちらを見た。

「ヴァン様。この者の行いは本当に素晴らしい働きです。単純にヴァン様を守っただけではなく、結果としてこのセンテナを守ることになったのですから……この者にはしかるべき褒章を与えるよう、御父上《おちちうえ》と陛下へ進言をさせていただきます」

ストラダーレがそう言うと、カムシンがぐっと背筋を伸ばした。よく見ると、少し涙ぐんでいるように見える。まぁ、これだけ多弁に他者を褒めるストラダーレは珍しい。それだけストラダーレがカムシンの功績を認めているのだ。

「そうだね。カムシン、何か欲しいものがあったら考えておくんだよ。陛下が何でも用意してくれるかもしれない」

笑いながらそう言ってカムシンに話を振ると、カムシンは静かに首を左右に振った。

「……俺は、ヴァン様が無事でさえあるなら、他に何もいりません」

きっぱりとそう告げたカムシンに、ストラダーレも何も言えなくなる。

そして、真っすぐに忠誠を告げられた僕も何も言えなくなってしまった。カムシン、泣かせるんじゃない。実は涙もろいんだから。


その日、イェリネッタ王国とシェルビア連合国の騎士団達は、センテナ陥落戦を途中で諦め、撤退を決めた。城壁の上で敵の状況を確認していた見張りからは地竜の姿を見たとの報告もあったが、どうやらアルテの人形やパナメラの魔術、そしてバリスタに脅威を感じたのか、地竜を最後まで使わずに引き上げたようだった。

ぎりぎりまで城壁の補修やバリスタの追加に走り回っていた僕は、敵の撤退の報告を聞いてすぐに砦の中に移動し、あてがわれた部屋のベッドで横になった。何も考えられないほど疲れていた。

「もう、限界……」

色々と考えなければならないことがあるのに、僕は気を失うように寝入ってしまったのだった。


目が覚めて、すぐにティルの顔が目に入った。

「あ、ヴァン様。おはようございます」

目覚めたことに気が付いて、ティルが嬉しそうに歩み寄りながらそう言った。

「おはよう、ティル。どうなった？　まだ時間はあまり経《た》ってない？」

倦怠感《けんたいかん》が酷《ひど》く、寝返りを打つようにして横を向きながら、ティルに気になっていたことを尋ねる。

すると、ティルは頷いて答えた。

「えっと、日が暮れる前にヴァン様がお休みになられて、今は翌日の正午ほどです。状況は……」

ティルがそう言って顔を上げると、ベッドを挟んで反対側から声が聞こえた。

「状況は膠着《こうちゃく》状態です。こちらも攻め込む余裕はありませんし、敵も警戒しているのか攻め込んできません。斥候からは敵軍の姿はあると報告が来ているので、諦めているわけではなさそうとのことです」

カムシンの声だ。その報告を聞いて、ころんとベッドの上で転がって反対を向く。カムシンはビシッと背筋を伸ばして立っていた。

「なるほど。それじゃあ、イェリネッタ王国から物資を補充している可能性があるね。もしくは、傭兵《ようへい》でも雇うつもりか……どちらにしても、すぐに攻め込んでくるようなことはなさそうだね」

そう言ってから息を吐くと、カムシンが心配そうに僕の顔を見た。

「……大丈夫ですか？」

不安そうにカムシンが聞いてくるので、苦笑しながら頷く。

「風邪気味かな？　ちょっときついんだよね。とはいえ、ジッとしているわけにもいかない。城壁を完全な状態にしないとね」

そう言って上半身を起こそうとすると、背中側から肩に手を添えられた。ティルが僕をベッドに戻そうとしているのかな？　そう思って振り返ると、僕の使っているベッドに腰かけてこちらを見つめるアルテの顔があった。どうやら、僕の足元の方に座っていたらしい。

アルテは、心配そうに眉をハの字にして、僕の肩をぐっと押す。

「どうか、少しでもお休みください……ヴァン様はご自身で思っている以上に顔色が悪く、とてもではありませんが大丈夫とは思えません……」

と、アルテから強引にベッドに押し倒されてしまった。泣きそうな顔でそんなことを言われてしまっては、逆らうわけにもいかない。

「……大丈夫かな。確かに凄《すご》くきついから、休めるなら有難いけど……」

心配になってそう呟くと、部屋の出入口の方から大人の男の声が聞こえた。

「ご安心ください。昨晩から私が常に傍《そば》でお守りしております。命に代えてもヴァン様の身を守らせていただきます」

「え？　ロウ？」

顔を上げて扉の方向を見ると、そこにはどこか思い詰めた様子のロウの姿があった。まるで軍人のような、いや、騎士なのだからそれが普通と言えば普通なのだが、物凄《ものすご》く張り詰めた雰囲気のロウの姿に、大きな違和感を感じる。ロウはアーブほどではないが、近所のお兄さん的なふわふわ感があった。

不思議に思っていると、カムシンが顔を寄せて小声でつぶやく。

「昨日、ストラダーレ様から一時間以上説教をされていました」

「……それでか」

納得して、ベッドで横になる。確かに、暗殺以外にイェリネッタ王国もシェルビア連合国も出来ることは無いはずだ。城壁に爆弾でも仕掛けに来るかとも思ったが、地下を掘り進める以外の方法では接近すればすぐにバリスタで攻撃されるだろう。

ここは、お言葉に甘えて休ませてもらおう。

そう決めてからは、僕はすっかり気を抜いてティルに甘えることにする。

「ティル。温かい紅茶とお菓子が欲しいな」

「はい、すぐに準備します！」

ティルは笑顔で頷くと、軽い足取りで部屋から出ていった。それを見送ってから、アルテに目を向ける。

「アルテ、傀儡《かいらい》の魔術お疲れ様。アルテのお陰で何とか防衛出来たよ、ありがとうね」

「い、いえ……私なんてそんな……」

アルテにお礼を述べると、気恥ずかしそうにアルテが微笑《ほほえ》んだ。それに微笑みを返して、カムシンを見る。カムシンはストラダーレに認められたことが切っ掛けになったのか、自信に満ちた良い表情をしていた。

「……カムシン。昨日の敵の剣を奪ったあの技って、盗みの魔術かい？」

そう尋ねると、カムシンはびくりと震えて表情が硬くなる。僕の言葉に、アルテも驚いたようにカムシンを見ていた。カムシンを奴隷として買う時に、カムシンは盗みの魔術適性があると聞いていた。だから、なんとなくそう思ったのだ。

黙って答えるのを待っていると、一、二秒ほど時間を空けて、カムシンは口を開く。

「……はい。実は、アルテ様の魔術を最初に見た日から、一人で魔術の練習を続けていました。もしかしたら、自分も魔術でヴァン様のお役に立てるかもしれないと思って……でも、盗みの魔術で出来るのは一メートルから二メートルほど離れている物を盗《と》ることだけでした。それに、相手が自分を見ていると魔術は使えないみたいで……」

少し小さな声で答えるカムシンに、なるほどと頷いて言葉の続きを予想する。

「使えない魔術だって思った？」

そう尋ねると、カムシンは気落ちしたように肩を落として頷く。その姿を見て、アルテは切なそうに眉根を寄せた。過去の自分を投影しているのかもしれない。アルテも、過去に自らの魔術適性で悩んでいたことがあった。しかし、絶望するまでに悩んでいたアルテだったが、その魔術の可能性に気が付いてからは開き直ることが出来たのだ。

カムシンも、そうなれたなら……。

そう思って、僕はカムシンに笑顔を向ける。

「そんなことないよ、カムシン。お陰で、僕の命は助かった。カムシンが助けてくれたんだ。ありがとう」

そう告げると、カムシンはグッと口を真一文字に結び、顔を上げた。その目からは、大きな涙粒が零《こぼ》れていた。声を上げずに泣くカムシンに、アルテまでもらい泣きしてしまう。

少しでも、カムシンが自分の魔術適性を誇れるようになったら良いのだけれど。

そんなことを思いつつ、再びロウを見た。

「……父上、いや、フェルティオ侯爵の容態は？」

気になっていたが、なんとなく聞くのが躊躇《ためら》われた質問をロウにしてみた。すると、ロウが眉間に皺《しわ》を寄せてぐっと顎を引く。

「……フェルティオ侯爵は、いまだ意識が戻っておりません。少しずつ口に含ませることで水分は取れているようですが、かなりの重傷ですから……」

言い難《にく》そうに報告をするロウに、軽く頷いておいた。

「……ありがとう。ロウも、昨日はお疲れ様。護衛は交替で休むようにしてね」

それだけ言って、目を瞑《つぶ》る。色々と心配すべきことはあるが、今は自分の体力を取り戻さなければならない。まだまだ、防衛は終わっていないのだ。

なんと、更に丸一日の休暇をもらい静養させてもらえた。微妙に発熱してきつい時があったが、今ではもう完全復活である。

「はい、ヴァン様。果物を切りましたよ」

「わーい」

甘い果物をもらった僕は大喜びで口に頬張る。それを隣で優しく見守るティルとアルテ。優しい世界である。

一方、流石《さすが》に相手の動きが活発化してきたのか、ロウとカムシンは交替で護衛をしつつ、部屋の外へ出入りをしていた。

「なんか、慌ただしくなってきたねぇ」

果物を美味《おい》しくいただきながらそんな感想を口にする。

「そうですね。まだ大砲とかの音はしませんが……」

ティルが少し不安そうに呟いた。

「大丈夫、大丈夫。そろそろ元気になってきたし、センテナの強化をするからね。安心してね」

そう告げると、ティルとアルテがホッとしたように微笑んだ。

「ヴァン様がそうしてくださるなら安心ですね」

「はい、ホッとしました」

二人がそう言って笑い合うのを眺めてから、軽く両手を天井に向けて伸びをする。

「ん～……よし、お昼ご飯にお肉を食べてから頑張ろうかな。あははは」

そんなことを言って笑っていると、外から扉がノックも無しに開けられた。

「少年！　元気になったと聞いたぞ！　さぁ、センテナの改築作業だ！　皆も待っているぞ！」

バーン、という効果音が聞こえてきそうな勢いでパナメラが部屋へ入ってきた。入ってくるなり矢継ぎ早に仕事があると言ってくる。これは元気なところを見せると恐ろしいほどこき使われそうである。

「あ、ちょ、ちょっと眩暈《めまい》が……お昼ご飯を食べないと力が出ないかも……」

これ見よがしにフラフラしながらそう訴えたのだが、パナメラは目を細めて疑惑の視線を向けてきた。

「……先ほど、二人分ほど朝食を食べたばかりだと聞いたぞ？　カムシンが大喜びでヴァン様が元気になりましたと報告してきたのだが、何かの間違いか？」

なんと、カムシンがパナメラに寝返って情報を流していたらしい。なんという恐ろしいことだ。

ヴァン君のお昼まで自堕落計画が速攻で崩されてしまったではないか。

「それで、動けるのか。動けないのか。正直に話せ」

「……動けます」

「よし、それは良かった」

そんなやり取りをして、パナメラは部屋を出ていった。仕方なく、ティルに着替えを準備してもらって衣装チェンジを行う。結局、朝から早速砦の強化に駆り出されることとなってしまったか。

不満たらたらで部屋から出ると、バタバタと走る騎士達の姿があった。騎士の一人が部屋から出てきた僕に気が付き、立ち止まる。

「あ、ヴァン様！　フェルティオ侯爵がお目覚めになりました！」

「え？　本当？」

なんというタイミングか。驚いて走り去る騎士達の後に続いて廊下を進む。マイダディの看護用の部屋へ移動すると、周囲に何人も騎士達が集まっていた。よく見ると、その誰もがフェルティオ侯爵家騎士団の面々である。

「あ、ヴァン様……」

一人の騎士が僕に気が付き、名を呼ぶ。すると、集まっていた騎士達は無言で通路を開けてくれた。

「ありがとう」

左右に分かれた騎士達の間を通り過ぎながらお礼を言って、部屋の扉をノックする。少しして、室内から扉が開かれた。顔を出したのはストラダーレだった。

「……ヴァン様」

ストラダーレは僕の名を呼ぶと、無言で脇に退き、室内へ入るように促す。ストラダーレの大きな体が視界から外れると、部屋の奥でベッドに横になるジャルパの姿が目に入った。ストラダーレが目でアルテとティルに席を外すように促したので、一人で入室することにする。

「失礼します」

そう言って入室し、声を掛けられる前にジャルパの方へ移動する。すると、ベッドに寝たままのジャルパが目をこちらに向けた。

明らかに痩せていた。頬が少しこけているだけでなく、目に力が入っていないせいか窶《やつ》れてしまっているようにも見える。顔や首、手など露出した肌の部分には数多くの小さな傷があった。

「……父上、お加減は？」

端的にそう尋ねたが、ジャルパは何も言わずにこちらから視線を外し、天井を見た。数秒もの間、そうしていただろうか。やがて、ジャルパは口を開く。

「……ストラダーレから報告は受けた。どうやら、イェリネッタとシェルビアの連合軍を退けたようだな」

「いえ、まだ完全には……でも、今からこのセンテナを強化する予定です。ご安心ください」

そう答えると、ジャルパはくつくつと笑い出した。声は出ておらず不格好だが、どこか自嘲めいた笑い方だ。不思議に思ってその様子を眺めていると、ジャルパは遠い目をして深く息を吐く。

「……安心しろ、と、私に言っているのか。まだ子供の貴様が、この私を……スクーデリア王国の番人とまで言われた、このフェルティオ侯爵家の当主である私を……ふ、ふふ、はっはっは……」

力無く笑うジャルパを見て、答え方を間違えたかと危ぶむ。しかし、ジャルパが怒り出すようなことはなかった。静かに笑った後、ジャルパは厳しい目つきで睨《にら》み、口を開く。

「……その言葉を、証明してみせろ。このセンテナを防衛することが出来たなら、この私とてお前を認めざるを得ないだろう。このセンテナを、難攻不落の要塞に変えるのだ」

ジャルパのその言葉に、思わず笑みを浮かべてしまう。それに、ジャルパは呆《あき》れたような顔を見せた。

「……何がおかしい」

不機嫌そうにそう問われたので、僕は苦笑しながら頷く。

「いえ、おかしくなどありません。ただ……一番得意な仕事を命じられたので、安心しました」

そう告げると、ジャルパは目を丸くして固まり、やがて鼻を鳴らして視線を外してしまった。

「……大した自信だ。ならば、やってみせろ」

「はい、お任せください」

最後にそれだけやり取りをして、部屋を退室した。外に出ると、ティルとアルテが心配そうな表情で待っていた。

「ヴァン様、お父様はいかがでしたか？」

アルテにそう聞かれて、笑いながら顔を上げる。

「元気そうだったよ。お願いもされたしね」

「お願い、ですか？」

僕の言葉にティルが首を傾《かし》げる。それに微笑みつつ、答えた。

「このセンテナを、最強の要塞にしろってさ」

楽しくなってきた。そんなことを思いながら、僕は一歩を踏み出したのだった。

「……よし、こんなもんでしょう！」

出来上がった要塞を見て、僕は満足感たっぷりにそんな感想を口にした。最初に壊れかけた砦本体を修復、改造し、最後に城壁を改造したのだが、中々良く出来たと思う。後ろでは出来上がった要塞を見ていたタルガが呆れたような声を出した。

「……もはや別物になっておりますが……」

タルガがそう口にすると、同意するようにストラダーレが頷いた。そして、パナメラは腕を組んだまま歯を見せて大笑いしている。

「はっはっはっは！　流石だな、少年！　今回はどんなところに拘《こだわ》ったのか楽しみだ」

だいぶ慣れてきたパナメラは興味深そうに出来たばかりの要塞を眺めていた。ちなみに一緒に要塞作りをしていたタルガはパナメラの言葉に乾いた笑い声を返した。

「……ヴァン殿は毎回このようなものを？」

「見た目の話をするならまだ普通な方だ」

「なんと……」

パナメラとタルガの会話を尻目に、さっそく出来たばかりの要塞見学ツアーを始める。

「それでは要塞の解説に行きますよー」

「は、はい」

「セアト村騎士団は後に続け」

「はっ！」

先導すると、タルガ達だけでなくセアト村騎士団も付いてきたのでかなりの人数での移動となった。スクーデリア王国側の城門からスタートするのだが、まずは皆が見上げていた外観からである。

「見た目が巨大な亀の甲羅のように見えるかもしれませんが、これが外からの衝撃に強いのです」

そう言って目の前に聳《そび》え立つドームのような要塞を見上げた。釣られるように皆も同じような格好で要塞を見上げている。皆を振り返り、ツアーガイドのようなノリで口を開いた。

「四階建て相当の巨大な建築物は、一見外から見ても中がどのようになっているか分かりません。こちら側の城門は分かりやすくなっていますが、反対側は壁に同化して見えないように作っています。それでは、中へ入りましょう」

「はーい！」

「楽しみです」

ヴァン君のアテンドにティルとアルテが楽しそうに返事をした。小学校の遠足のような雰囲気だが、これは国防の要である新センテナ要塞の見学ツアーである。皆の者、気を引き締めるのじゃ。

真面目な顔で皆を要塞内へと連れていき、城壁を改造して作った外周部分の説明を開始した。

「円状に周囲を囲む城壁は以前より大幅に厚みを増して、中には人が住めるようになりました。中庭を大きく削った分、砦と城壁部分合わせて五千人以上がゆっくり寝泊まりすることが出来ます。また、砦内にもありますが、城壁の方にも簡易的な食堂と浴室を準備しています」

説明をしながら城壁内を歩いていく。タルガは物珍しそうに周囲を見ながら、パナメラやティル、アルテは面白そうに出来たばかりの城壁内を見ながら付いてきている。ちなみに、カムシンとストラダーレ、ロウは至極真面目な顔で城壁の造りを覚えていた。

「……と、新しいセンテナはこのように十分な居住空間を保有しています。また、最も重要な防衛に関してですが」

そこで言葉を切り、城壁の中を歩きながら外側の方の壁を手のひらで叩《たた》いた。

「二階部分には各所に覗《のぞ》き窓《まど》のような場所があり、そこに設置してある小型のバリスタで攻撃をすることが可能です。ちなみに構造が少し複雑に感じると思いますが、これは外部の敵が侵入した際にすぐに要塞内の構造を把握されないようにしています」

そんなことを言いながら、城壁の中を軽く見て回り、次に中庭に移動した。中庭は上空からの攻撃に対処する為《ため》、基本的には半円状の屋根が出来ている。その頑丈さを担保する為に、城壁をかなりの厚さにして砦も大きく拡張した。その分、中庭は砦の周りを囲むようにあるだけだ。本来なら砦の中である程度隊列を組んで出陣の準備を出来るように作るものだが、この要塞は攻め込むことを前提に作られていない。

そういった内容を軽く伝えてから、中心に立つ大きな砦を見上げた。

「次はいよいよ砦本体部分ですね」

そう告げると、タルガが怪訝《けげん》そうに片手を挙げて疑問を口にする。

「そ、その……センテナ全てが屋根に覆われているような形状になったのかと思いますが、どうして多少なりとも明かりが？」

素朴な疑問である。よく見れば分かるはずだが、実は屋根が多層式になっているのだ。

「最上部の尾根に重なるように次の層の屋根を設置しています。それが合計三層で繰り返された結果、間接照明の要領で僅かばかりの明かりが要塞内に入ります。本当は割れないガラス窓を設置したかったのですが、流石に砲撃には耐えられないので諦めました。建物の内外には街灯代わりにランプも多く設置していますので、夕方になったら必ず照明の準備をお願いします」

そう告げると、タルガは目を瞬かせて天井を見上げる。

「……一つの屋根にしか見えませんが、何枚も屋根があるということですか」

タルガがそう呟くと、ストラダーレも浅く頷いた。

「確かに、よく見れば一部明るい場所があります。しかし、そんな仕掛けがあっては強度が落ちるのではありませんか？」

「重なる部分には十分な柱を使って接続していますが、採光の為の隙間に見事に砲弾が入ってしまった場合は十分な強度を確保出来ないでしょう。ただ、それでも一発二発程度ではビクともしないと思います」

そう答えると、ストラダーレは自らの顎をつまみながら小さく頷く。どうやら納得してもらえたようだ。

静かになった面々を引き連れて建物の中に入る。

「ちなみに、こちらの扉は大砲の攻撃も防ぐ金属製です。厚みがあるので重いですが、そこは仕様だと思って許してください」

デメリット部分を軽く説明しながら通路へと移動し、主要な設備について解説を行う。

「まずは生活での重要な設備として大浴場と食堂。大浴場は人数が多い為、清掃の手間を減らせるように掛け流しという様式を採用しました。川から水を引いて水車を回し、加熱機を通ってお湯になり、適温で大浴場に湯が流れ続けるようになっています。また、排水はそのまま下水を押し流す為に再利用しており、衛生面にも気を配ってみました」

そう言いつつ、大浴場に続く扉を開けて脱衣所を通り、中に入る。すると、五十人はゆっくり入れる大浴場が姿を現した。スペースを有効活用する為に湯船は長方形にしていて、素材も頑丈な石造りである。

少し温度が高かったのか、浴室は湯気が充満していた。打たせ湯を作った為、湯が溜まる場所は丁度良い温度になっているはずだ。まぁ、逆に打たせ湯の方はかなり熱いだろうが、それが健康に良いとでも言っておこう。うんうん。

「ま、まさか湯を浴びることが出来るとは……」

「この広さなら、順番に入れば二日に一回は全員が湯浴《ゆあ》みをすることが出来るな」

驚くタルガとストラダーレ。そのリアクションに満足しつつ、食堂と広めの厨房《ちゆうぼう》を案内してから二階へと上がった。

二階と三階、四階にはそれぞれ騎士達の寝所がある。流石に一つずつ家具を作る時間は無いので、その辺りは後日補充してもらうしかあるまい。

また、どの階にも中心に武器や防具の倉庫があり、四階にはバリスタの矢が大量に保管してある。要塞内に敵が侵入した時の対策としては、急な階段と外からは開けられない覗き窓だ。

階段は上の階から槍《やり》で突くことが出来るようになっている為、簡単には上がることが出来ないだろう。そして、覗き窓からは弓や機械弓を使って攻撃することも出来る。

それらの説明をしつつ、最後は最上階のバリスタの矢を保管している部屋から階段を使って屋上に出た。

「最後に、ここが屋上部分です」

先に上がって数歩前に出てから振り返り、そう告げる。すると、後から上がってきた皆は急に視界に明るい陽《ひ》の光を浴びて目を細めた。

ようやく光に目が慣れた頃、周囲の変化に気が付く。

「……なんと、これは……」

「へぇ？」

絶句するタルガに対して、パナメラはとても面白そうだった。周りを軽く見回しながら、口を開く。

「どのようになっている？」

パナメラに尋ねられたので、軽く咳払《せきばら》いをしてから解説を始めた。

「はい。まず、屋上部分の防備についてです。見て分かるように、この前のような大軍勢が現れても良いように、バリスタを一列に二十台並べました。さらに、上空に飛竜が現れた場合を考えて、上下にも可動域の広いバリスタを十台設置しています」

言いながら、広い屋上部分を歩いていく。一台のバリスタに近づき、改良した部分の説明に入る。

「このバリスタの形状を見てください」

「……形が変わっているな」

その言葉に大きく頷いて改良した部分を指し示す。バリスタの本体の左右から伸びた盾部分は土台と分離しており、照準を調整する為に左右に動かすと盾も同じように動く。これにより、正面からの攻撃を防ぎつつバリスタを使うことが出来るようになる。唯一残念なのは視界がかなり遮られてしまうという点だが、そこは狙撃の補助者がいれば良い。

「敵からの攻撃をある程度防ぎつつ、一方的に攻撃することが出来ます。城壁の正面部分をかなり強固にしたので、今回は足場が崩れる心配も少ないです。唯一の弱点は空からの黒色玉だけなので、空を警戒する為のバリスタも多く設置しました」

解説していくと、タルガが呆れたような顔で周りを見回し口を開いた。

「……合計三十台、ですか。この短時間になんと……」

「ヴァン男爵といると毎回こうだぞ」

パナメラが苦笑しつつそう告げて、タルガは釣られるように苦笑を返したのだった。

第七章　イェリネッタ王国の思惑

【コスワース・イェリネッタ】

センテナ陥落戦の為《ため》に設置した本営で地図を確認する。地図には多くの書き込みがあるが、どの書き込みも我が陣営が不利であると証明しているように思えた。

騎士の数も、魔術師の数も勝っている。スクーデリア王国には無い火砲や黒色玉もあり、敵が手を出せないはずの空から攻撃することすら可能だ。

だというのに、今やセンテナ要塞をどう攻めたら良いのかすら分からなくなってしまっている。

会議は紛糾しており、自分が喋《しゃべ》らなくても誰かが罵り合うような勢いで議論をぶつけあっているような状況だ。

誰かが地図のあるテーブルを叩《たた》き、ひと際大きな声で怒鳴る。

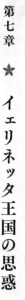

「だから！　火砲すら効かぬあの城壁をどう崩すというのだ!?　接近しようにも火砲以上の威力を持つ大型の弩《ど》があるではないか！　そして、例の謎の騎士だ！　ワイバーンですら一撃で首を落とされたと聞いたぞ!?　そのような化け物と戦うなぞ、聞いておらん！」

その言葉に、我がイェリネッタ王国の指揮官の一人が反論する。

「攻め込むしか道は無いのだ！　城壁の下まで接近出来ればあの弩は撃てない！　城壁はまさか土の中までは無いのだから、城壁の下部の土を掘り、そこに黒色玉を仕掛ければ必ず崩壊するはずだ！」

「崩壊されてもすぐに修復されるではないか！　貴殿は見ていなかったのか、あの馬鹿みたいな攻城戦を!?　いくら致命的な攻撃を与えようとも即座に修復される！　ワイバーンは炎の魔術で近づくことも出来ず、弩と例の騎士によって三体倒された！　まだ地竜がいるなどと口にするなよ!?　どうせ近づけもせずにやられるに決まっている！」

我が国、イェリネッタ王国の騎士が勝つ為の方法を提示しても、シェルビア連合国の騎士が厳しく反論する。この二人の声は、そのまま今の国の関係を表しているように見えた。このセンテナを攻める前であれば、イェリネッタ王国の指揮官の言葉に皆が従っていたはずだ。しかし、手痛い反撃を食らってからというもの、シェルビア連合国は完全にイェリネッタ王国と対等の物言いをするようになってしまった。

これは、下位の指揮官だけの話ではない。

「……コスワース殿。大変申し訳ないが、ここでシェルビア連合国は一時退却をさせてもらう。退却場所は城塞都市オペルだ。オペルならば、こちらに有利な形で防衛戦をすることが出来るはずだ」

「馬鹿なことを……退《ひ》けば終わりだ。我がイェリネッタ王国だけでなく、シェルビア連合国もな」

退却をすると告げたタウンカーに、退くことは出来ないと答える。それに苛立《いらだ》ったような態度を見せて、タウンカーが口を開いた。

「コスワース殿。言葉には気を付けなくてはなりませんぞ。今がそういった状況だと認識するべきです」

タウンカーが低い声でそう言い、力強く睨《にら》んできた。含みのある、と言うには露骨過ぎる言い方だ。その言葉に、敢《あ》えて馬鹿にしたように声を出して笑った。

「はっははは……！　それはつまり、ことと次第によってはイ、エ、リ、ネ、ッ、タ、王、国、の、騎、士、団、の、首、を、持、っ、て、スクーデリア王国と和平を結ぼうとしているようにも聞こえるぞ？　我がイェリネッタ王国の主力は今もスクーデリア王国の主力を相手にやりあっている。その状況でそのような早計な判断をして良いのか？　もしもシェルビア連合国がスクーデリア王国側に加担したとなれば、我がイェリネッタ王国はスクーデリア王国よりも先にシェルビア連合国を滅ぼし、我が国の一部にするだろう」

脅しをかけてタウンカーの決意を揺さぶる。それにタウンカーは悔しそうに顔を顰《しか》めた。シェルビア連合国はどうあってもイェリネッタやスクーデリアよりも国力で劣る。我が国と手を切るかどうかは、そう簡単に決められることではないはずだ。

そう思ってタウンカーの行動を抑止しようとしたのだが、それでもタウンカーは引かなかった。険しい表情のまま、探るように言葉を選んで疑問を口にする。

「……それでは、この状況下でもあのセンテナを陥落させる策があるということですな？　その策を聞かせていただきたい。我らはそもそも同盟軍としてこの戦場に来ているのだ。同盟軍がたとえ建前の関係であったとしても、完全にイェリネッタ王国の指揮下に入ったわけではない。我らが無謀な策であると感じれば、それに従わないという選択肢は選べるはずだ」

「もしそれを選んだなら、スクーデリアよりも先に我がイェリネッタ王国の手によって君達《たち》が全滅するとしても、か?」

そう告げると、タウンカーは視線を逸《そ》らさずに無言で頷《うなず》いた。

その時、伝令兵が本営の中へ駈《か》け込んできた。

「何事だ!?」

勢いよく入ってきた伝令兵に、シェルビア連合国の騎士の一人が怒鳴る。すると、伝令兵は緊迫した表情で答えた。

「センテナに動きがありました! し、信じられないことですが、僅か一日! 僅か一日でセンテナの形状が変化しました! また、斥候が確認したところ、現在もセンテナは大きく変化を続けている最中のようです!」

「……例の築城術の応用か? まさか、見た目だけが変わったということはあるまい。何か他に報告すべきことはないのか」

伝令兵の曖昧な報告に若干の苛立ちを感じつつ確認する。すると、伝令兵は難しい顔で一度深く呼吸を整えた。

「は……その、斥候は酷《ひど》く混乱しており……まるで生き物のように、刻一刻と姿を変えていっている、と……! 現在の形状は全体的に丸い形になっていますが、もしかしたらまだ変化するのかもしれない為、現状の把握も難しい状況です!」

新たな報告を受けて、その場にいた者達がざわざわと声を上げる。

「丸い形？　そのような要塞、聞いたこともないぞ」

「待て、そんな形状では、城壁の上部も狭くなっているのではないか？　あの驚異的な弩の数も減っているやもしれん」

「そんな軽率な判断があるか！　その壁がもし見せかけだったらどうする？　十分に近づいたところで集中攻撃を受ける可能性もあるではないか！」

「馬鹿な。それならば先にこちらから火砲を撃てば見せかけの壁など崩壊しよう」

「それこそただの賭けではないか。問題はこちらの火砲が接近するまでに壊される恐れもあることだぞ。そんなことも忘れたか」

一斉にしゃべり始めたせいで、議論はこれまで以上にまとまらないものになっていく。それだけ何をするか分からないスクーデリア王国に不安になってしまっているということだろう。

「落ち着け！　奴《やつ》らの行動は一貫してセンテナを守るという一点に向いている！　まずは冷静にセンテナを打ち崩す計略を練る必要があるのだ！　真正面から戦う必要もないと知れ！」

議論が混乱を極めつつあると思い、大声で怒鳴った。その時、新たな伝令が本営に駆け込んでくる。

「なんだ!?　またセンテナが変化したとでも言うのか!?　今度は立方体か？　それとも円柱か？」

苛立ちから、馬鹿にしたようにそう尋ねた。すると、伝令は首を大きく左右に振り、否定の言葉を発した。

「ち、違います！　騎兵およそ五百！　騎士団約二千！　大型馬車十！　総勢二千五百ほどがこちらに向かって進軍中です！」

その報告に、誰もがまるで彫像のように動きを止める。

「……なんだ？　何を言っている？」

「お、おい。今のはどういう意味だ？　俺には、寡兵で真正面から反撃に出た、という意味に聞こえたが……」

それらの言葉が聞こえ始めてから、ようやく自分自身も何が起きているのか理解し始めた。

「落ち着け！　なにはともあれ、敵が自ら盾を捨てて斬り合いを選んだのだ！　これほどの好機はもう二度と訪れないぞ！」


「歯痒《はがゆ》い」

「は？」

新しいセンテナの要塞としての防衛力、設備の数々を見て回った後、パナメラが眉根を寄せて変なことを呟《つぶや》いた。

「虫歯ですか？」

そう尋ねると、背中を音が鳴るほど叩かれた。

「私は虫歯になどなったことがない！」

「えぇ？　それは嘘《うそ》でしょう？」

懐疑的な目を向けると、パナメラに睨まれてしまったので口を閉じる。僕が黙ったのを確認すると、パナメラがバリスタが並ぶ前で両手を広げて皆を振り返った。

「これだけすれば、確かにイェリネッタ王国やシェルビア連合国が攻めてきても防衛は出来るだろう。この場に全兵力を傾けることは出来ないのだから、防衛するだけなら十分過ぎる戦力だ。しかし、それで満足か？　大将に据えたフェルティオ侯爵は半死半生の重傷を負わされ、数多くの犠牲が出た。このセンテナを見れば、あのイェリネッタやシェルビア連合の意気地なしどもは向かってこないかもしれない。それで良いのか？」

パナメラが挑発するように、皆に向けて疑問を口にした。それに、一部の騎士は俯《うつむ》いて悔しそうな表情を浮かべる。ストラダーレも同様だ。そういった騎士達が少なからずいることを確認して、パナメラは笑みを浮かべた。

「私に策がある。乗るか？　必ず、敵に目にものを見せると約束するぞ？」

パナメラがそう言葉を続けた時、騎士達の目に火が灯《とも》ったような気がした。

こうして、パナメラはあっという間に自らの騎士団とセンテナの騎士団、フェルティオ侯爵家の騎士団をまとめて新たな部隊の編成を指示し、攻撃の為の作戦を共有した。作戦は無謀だとも思えたが、不思議とパナメラが口にすると妙な説得力があった。

「少年。父親の敵討ちだ。例の馬車と機械弓部隊を全員貸せ」

「死んでませんが!?」

パナメラのとんでもない発言に思わず大声で突っ込んでしまった。すると、パナメラは肩を揺すって笑う。

「そういえばそうだったか。まぁ、私が傷を焼いて止血したから生き残ったんだ。許せ」

パナメラにそう言われて溜《た》め息《いき》を吐《つ》きつつ、自軍の状態を確認する。センテナの防衛の為に要塞の改築をメインでやってきた為、装甲馬車《ウォーワゴン》は全部で十五台しかない。機械弓部隊も連れていけるとしたら五十人程度だ。

「一日時間をもらえたら馬車を五台くらいなら追加で作れますが……」

「ダメだ。相手はこの強化されたセンテナを見て何かしらの行動を実行するだろう。読めない行動に出られる前に、こちらが相手を翻弄する必要がある。最も面倒なのは、イェリネッタ王国の騎士団が王都まで戻ってしまうことだ。逆に今この場でイェリネッタ王国の騎士団を全て倒し、シェルビア連合国にも大打撃を与えることが出来たなら、場合によってはその瞬間戦争の勝利が決定づけられるだろう」

と、パナメラは待ってもくれないようだった。まぁ、言いたいことは分かるが、もし攻勢に出た時に山間《やまあい》から奇襲を受けたら大変である。防衛の為の戦力も残さなくてはならない。

「それでは、馬車を十台と機械弓部隊を二十名行かせましょう。ただし、機械弓部隊は最後尾です」

「……少ない。あまりにも少な過ぎるぞ」

「いやいや、うちはそもそも騎士団の総数が少ないんですから……」

パナメラが不服そうに文句を言うので、眉間に皺《しわ》を寄せて文句を言う。

「馬車は十台だけか？　もう少し奮発しても良いだろう？」

「ダメです。そもそも、僕は反対なんですからね？　この十台でも十分でしょう？　危ないと思ったらすぐに撤退ですよ？」

口を尖《とが》らせて抗議するパナメラに、似たような表情を作って言い返す。すると、パナメラは深々と溜め息を吐いた。

「はぁ……少年、ケチな男にはなるなよ？　懐の狭い男はつまらんぞ」

「無償提供ですからね。むしろ我ながら太っ腹だと思っていますす」

パナメラの苦情をさらりと受け流す。パナメラは面白くなさそうに首を左右に振り、自身も準備を始めたのだった。


僅か一、二時間程度だろうか。パナメラの号令の下、多くの騎士が招集された。その最前列でストラダーレやタルガとともに並んで立っていると、パナメラが奥の一際大きな馬車を見た。

「……少年が乗る馬車だけやたらと大きくないか？」

「それだけ色々積んでますからね。どうせ僕じゃないと使えないんだから、あげませんよ？」

「使える者を一人貸してくれれば私とともに最前線で戦えるものを……」

「ダメです」

「えぇい、頑固者め」

頑《かたく》なに断り続けると、パナメラは地面を片足でどすんと踏みしめながら怒った。そして、肩を怒らせながら城門の方へ向かい、自らの美しい白い馬に乗る。

パナメラが馬に乗って皆に向かい合うように馬の向きを変えると、大人数の騎士が一斉に背筋を伸ばす。パナメラはそれら精鋭の騎士団を見回し、口を開いた。

「ヴァン男爵が少々ケチであることが分かったところで、そろそろ我らも行動を起こすとしよう。これまで散々っぱら攻められて鬱憤が溜まっているな？　その鬱憤を思いきりぶつけてやろうじゃないか。イェリネッタの火砲など恐れるに足りん！　飛竜であろうと私が焼き払ってくれる！さぁ、立ち塞がる敵を全て打倒してくれようぞ！」

パナメラが慣れた様子で檄《げき》を飛ばすと、二千を超える騎士団が一斉に怒号のような雄叫《おたけ》びを上げた。特に、主君に重傷を負わされてしまったストラダーレの気合は半端ではない。いつもなら無表情に馬に乗っているだけなのに、剣を掲げて叫んでいた。誰がケチだ、誰が。

「……大丈夫でしょうか？」

不安そうなアルテの疑問に、肩を竦《すく》めて小さく息を吐く。

「一応、付いていくけどね。まぁ、しっかり対策したから、前回みたいにはいかないはずだよ」

そう答えつつ、内心はとても不安だった。

出来たばかりの城門が開かれていき、外の光が差し込んでくる。当たり前だが、シェルビア連合国側の領土には誰もいなかった。斥候からは撤退したまま、一切動きがないと報告があったのだか

NO

ら当然である。

「さぁ、予定通りに行くぞ。外で陣形を組め。タルガ殿は最上階から残った機械弓部隊を連れて援護を頼むぞ」

「はっ！　お任せください！」

気づけばすっかりパナメラに従順になったタルガが敬礼をして返答した。本当なら僕もセンテナに残りたかったが、パナメラの作戦に僕が組み込まれてしまっていて、断る勇気が無かったのが口惜しい。

パナメラはこちらの思いなど一切気にせず、馬を操って一番にセンテナの外へと出ていく。悔しいことに、パナメラが馬に乗る姿は絵になる。金髪を揺らし、堂々とした姿で最前列を進むパナメラの姿を見て、一般の兵士達は士気を上げるに違いない。

「前列！　迅速に隊列を組め！　後列は順次列に加われ！　別動隊はそれぞれ決められた距離を維持して行軍しろ！」

パナメラは素早く指示を飛ばしていき、一人で前に出ていく。騎士団は慌てた様子で隊列を組みながら付いていった。

「……仕方ない。ロウは機械弓部隊、装甲馬車《ウォーワゴン》と一緒に付いていって。砲撃が来たらすぐに装甲馬車《ウォーワゴン》の後ろに隠れてね」

「はい！」

緊張した面持ちでロウが返事をして、パナメラ達の騎士団の後に付いていく。こちらは人数が少ないこともあってきっちりと列を作って行軍を開始する。それを確認してから、僕は自分用の大型装甲馬車《ウォーワゴン》に乗り込むのだった。

【タウンカー】


「確かに、コスワース殿の言う通りだ」

「このような千載一遇の好機は無いぞ」

「ここで勝てば全て予定通りとなる」

　差し迫った状況ということもあり、そういった声に引っ張られる形で迎え撃つことに同意してしまった。

「ああ、もう逃げられない……あれだけ有利な戦況であえて敵陣に乗り込む馬鹿なんているものか。何か、恐ろしい兵器があるに違いない……」

　城壁の上からセンテナのある方角、山間の道を眺めながらコスワースの弟であるイスタナがぶつぶつと呟く声が聞こえる。二度の敗北がそうさせるのか、それとも伝令からの報告に一種不気味なものを感じているのだろうか。

　どちらにしても、コスワースとは随分と性格が違うようだ。

「……大丈夫でしょうか？」

不安は伝播《でんぱ》する。イスタナが余計なことを呟いているせいで、部下の一人がそんなことを言いだした。気持ちは分かるが、今はすでに応戦すると決定してしまった後なのだ。不安だと言ったところで何も変わりはしない。

私はあえて笑みを浮かべて首を左右に振った。

「大丈夫かどうかなど、私とて分からん。だが、もう逃げることも出来ない。やるしかないのならどう戦えば勝てるか考える方が良い」

「……はっ！」

迷いが晴れたわけではないだろうが、それでも前は向いてくれたようだ。部下を諭したつもりだが、それは自分自身に対しても同様である。スクーデリア王国の兵器も戦い方も想像以上であり、予測不可能なものだ。はっきり言って、イェリネッタ王国ではなくスクーデリア王国と同盟を結んでおくべきだったと思う。

しかし、もう遅い。コスワースの思惑通りになってしまったのは癪《しゃく》だが、コスワースの言葉に乗って防衛の形をとった段階で戦うことが決まってしまった。

この状況でコスワースとイスタナの首を取ってスクーデリアに和平を申し入れたところで、同盟国をそのように裏切る国を信頼してもらえないだろう。

「……あの時の炎を見る限り、スクーデリアの番人も健在か」

攻城戦を行う場合、敵の拠点を陥落させるには五倍以上の戦力が必要となる。だからこそ、イェリネッタ王国はシェルビア連合国と同盟軍という形で戦力を大幅に増強させたのだ。大敗はしたものの、その大多数の騎士達は健在である。しかし、センテナから現れたのは僅か二千五百。数を見誤っていたとしても三千程度だろう。十分の一以下の戦力で、どうやって攻城戦を行うつもりなのか。

「ただの牽制《けんせい》か。それとも、本当にこの戦力差で戦えると思っているのか」

センテナは防衛に専念してさえいれば勝利は目前だったはずだ。だというのに、何故《なぜ》攻勢に転じたのか。その答えが、もう少しで分かる。

そう思って城壁の上から前方を眺めていると、山間の道の奥から馬で走ってくる者達が見えた。火砲も届かない遠い距離だが、馬を駆る者達が我がシェルビア連合国の騎士達であると知れた。斥候として山に籠っていた者達だ。

「センテナの方角から騎兵およそ二十！　我が国の斥候です！」

部下からの報告を聞いて浅く頷きつつ、何があったのかと頭を捻《ひね》る。斥候として山に籠った部下達は全てこの地域を熟知している者達だ。簡単には見つからない上に、もし見つかっても十分逃げることは可能だろう。それが何故こちらに向かって走ってきているのか。

「タウンカー様！　煙です！　山から煙が！」

「火を放ったか……！　普通、それは追い詰められた側がやる最後の策だろう……!?」

部下の報告に、思わず聞こえるはずもない相手に怒鳴った。

恐らく、高火力の火の魔術によるものだろう。煙の方が随分と遅くに上がり始めた為、こちら側からは分からなかったのだ。斥候に出ていた者達はすぐに火が広がると判断して脱出してきたに違いない。

木々が燃え広がれば下手をしたらセンテナまで被害に遭う可能性もあるというのに、なんという苛烈な行動に出るのか。徐々に山が赤く染まっていき、煙が空を黒く染めていく。ここからでは山間の道は細く、火によって塞がれてしまっているようにも見える。

だが、その火の向こう側からスクーデリア王国の騎士団は現れた。

火砲で狙われないように工夫しているのか、真っ先に騎兵が広く左右に広がっていく。そして、不思議な形状の馬車が続いて現れ、その後に歩兵らしき騎士達が次々に火の向こう側から姿を見せた。

あっという間に報告にあった通りの軍勢が燃えていく山の前に並び、こちらへ向けて進み始めた。

「牽制だ！　火砲を撃て！」

城壁の中心でコスワースが怒鳴り、左右に展開していた火砲のうち一部が砲撃を開始する。火を噴いて砲弾が向かっていくが、やはり遠すぎて狙った通りには飛ばない。砲弾は相手の遥《はる》か手前で着弾して大地を揺らした。

だが、相手の出鼻を挫《くじ》くことは出来ただろう。目の前であの爆発を見れば、もしかしたら進軍を躊躇《ためら》うかもしれない。そういった淡い期待を抱いた。

しかし、相手はそんな生易しい存在ではなかったようだ。

爆発して地形が変わり、黒煙すら上がる街道を堂々と進んできて、騎兵の一人が高々と声を上げる。

「趣のある歓迎の仕方だ！　スクーデリア王国を代表して感謝の意を表明する！　さて、それでは御礼《おれい》がてら、このパナメラ・カレラ・カイエン子爵が面白い見世物を披露しよう！　とくと御覧《ごろう》じろ！」

予想外にも女の声だった。顔すら詳細には確認出来ない距離でありながら、よく通る声だ。金髪を風に揺らし、剣を掲げたその姿は、まるで戦乙女のようである。

「パナメラ……あれは、まさか灰塵《かいじん》の魔女と呼ばれるパナメラ子爵か？」

「何故、そんな恐ろしい女がここに……」

「まさか、我らの行動を読んで本隊から離れてセンテナに……？」

一部の騎士達が灰塵の魔女の出現に驚愕《きょうがく》と困惑を隠せずにいた。数々の悪名を轟《とどろ》かせる存在の登場に驚くのは勝手だが、今はそれどころではない。

「馬鹿者！　すぐに火砲を放て！　敵に何もさせるな！」

何故かは不明だが、例の弩を使ってこない。理由は分からずとも、その好機を逃すわけにはいかないのだ。

その考えはコスワースも同様だったらしい。即座に私の言葉に続き、コスワースも砲撃の指示を出す。

「一斉砲撃！　絶対に近づかせるな！」

コスワースが怒鳴り、砲撃は開始される。これまで見た中で比べ物にならない大量の火砲の一斉砲撃。二十、三十という砲弾が空に撃ち出される。その破壊力は一流の魔術師十人の同時攻撃にも匹敵するだろう。

予想通り、街道を中心に一気に爆炎が広がった。離れた位置にいる我らですらこの大爆発は肝を冷やすほどだ。

「……退いたか？」

「あの煙の中で見えるものか」

声を潜めてそんな会話をしている部下の姿が目に入る。内心では私も祈っていたのだから仕方がない。

背は低いが炎もちらほら見える。そして、空に届くほどの煙が立ち上っていた。

不意に、その煙の中を、一頭の馬が飛び越えてくる姿が目に入る。

「お、おい！　現れたぞ！　一人だけだ！」

「あの金髪の女だぞ!?」

あれだけの大爆発の後で、怯《おび》える馬をどう制御したのか。パナメラは軽々と火の柵を飛び越え、煙の壁を通り抜けて現れたのだ。

その姿は、騎士達の胸を打つに相応《ふさわ》しい勇猛なものだった。

「随分と怯えているようだな、諸君！　さぁ、もし私を討てたならこの一戦はそれで諸君の勝ちとなるだろう！　掛かってくるが良い！」

パナメラはそう口にすると、一人、馬を操って走り出した。

きちんと砲撃の届かない範囲で様子を見ていると、パナメラのとんでもない行動に思わず目を丸くしてしまった。

どんな度胸なのか。パナメラは誰でも立ち竦《すく》んでしまうような大爆発、炎上の最中、自分の乗る馬の尻を叩《たた》いて走り出し、朦々《もうもう》と立ち上る煙の中へと飛び込んでいった。

「……僕だったら、前半と後半に分けるか、三回に分けて砲撃するところだけど」

死を厭《いと》わない見栄《みえ》っ張《ぱ》りなのか。それとも命がけでハッタリを仕掛けるべき時なのか。

そんなことを考えていると、爆発に若干身を竦ませていたカムシンが口を開いた。

「ヴァン様……パナメラ様が一人で行ってしまいました。他の騎兵はまだ動けそうにありません」

心配そうにカムシンが報告してくるが、そもそもパナメラの作戦はパナメラが一人で前に出ることを前提としているのだ。流れは違っても、やることは同じはずである。

「大丈夫だよ。パナメラさんを信じよう」

そう言って、戦況を見守る。パナメラの作戦はシンプルである。火の魔術を扱えるパナメラが馬を使って敵を翻弄するというのが鍵なのだ。

まさに、今その作戦を実行中ということだろう。

煙が徐々に晴れていき、景色が見えてきた。待つ間にも、大砲による砲撃の爆発はそこかしこか

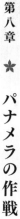

ら聞こえている。いくら射程範囲から離れているとはいえ、何かの間違いで飛んで来たらと内心では冷や冷やしていた。

対して、パナメラの騎士団とストラダーレの指揮する騎士団は待っていたと言わんばかりにパナメラに続き、砲弾が降り注ぐ戦場へと飛び出していく。

「パナメラ子爵に続け！」

ストラダーレが大声で怒鳴ると、騎士達《たち》は負けじと怒号のような返事をして駆け出す。

先頭を走るのは僕の用意した装甲馬車《ウォーワゴン》だ。その後ろを騎士達が走って付いていく格好だ。そして、騎兵達はバラけて大砲に簡単に狙いをつけさせないように動いている。

大砲がパナメラが走り去った後の大地を砲撃すると、パナメラはタイミングを見計らったかのように詠唱を終えて火の魔術を放った。馬上からとは思えない強力な炎の矢が城壁の上目掛けて飛んでいき、一瞬で城壁の一部を炎上させる。その威力はさることながら、これだけの距離で正確に命中させるコントロールも素晴らしいの一言だ。

全力走る馬を操りながらそれをされてしまっては、たとえライフル銃を持っていても当てるのは至難の業だろう。

「はっはっは！　どうした、イェリネッタ！　どうした、シェルビア！　もしや、二千を超える兵などいらなかったか!?　私一人ですら倒せない弱小国の集まりだったか！」

パナメラが高らかに笑いながら馬を走らせ、更に魔術を撃ち込もうと詠唱を始める。

「うぉおおお！」

「パナメラ様！」

「続け、続け……っ！」

パナメラの圧倒的な火の魔術と自信を感じさせる威風堂々たる態度に鼓舞されて、敵陣に向かう騎士達も歓声を上げて走り続けた。

パナメラとて、本当に一人であの城塞都市を攻め落とせるなどとは思っていない。ハッタリを使って、シェルビア連合国の騎士団を疑心暗鬼にさせることが目的である。

パナメラが挑発すると、砲撃は明らかに勢いを増して次々と撃たれた。しかし、着弾するのは悉《ことごと》くパナメラのいない地面ばかりである、爆炎の中を颯爽《さっそう》と駆け抜けていくパナメラの姿に味方の士気は上がり続け、相手の士気は下降の一途を辿《たど》っていることだろう。

しかし、いつまでも一方的な戦いを繰り広げられるなんてことはない。どうあっても、相手の方が遥《はる》かに多い兵力、そして大砲や黒色玉といったこちらには無い兵器を所持しているのだ。いまだに形勢は相手の方が有利なのは間違いない。

「……っ！　矢だ！」

誰かが一番に異変に気が付き、大声を上げた。見れば、城壁の上から弧を描くように大量の弓矢が発射されている。何百、何千という矢だ。その目を見張るほど大量の矢が、一気に空まで上がり、急降下して地面へと降り注いでくる。

遠目から見ても信じられないような矢の雨とも呼ぶべき一斉発射だ。

これは、パナメラも奥の手を出すしかあるまい。

そう思った矢先、パナメラはすぐに詠唱を完了して魔術を発動した。

「炎鎖網《フレイムベイン》」

パナメラが魔術を発動した直後、右から左に振られた腕の手のひらから炎が勢いよく噴き出す。炎は空を焼き尽くすように燃え広がり、半径百メートル以上にまで炎の壁を作り上げた。その炎に触れた矢は瞬く間に焼け落ちて炭と化す。

かなり広い範囲を炎で覆った為《ため》、大半の騎士達は矢の雨を浴びずに済んだ。だが、右翼にいた一部が矢の雨にさらされることとなった。その中には、馬を駆りながら剣を構えるストラダーレの姿もある。

「ストラダーレ！」

思わず、僕は大声で名を叫んだ。どう考えても絶望的だと思ったのだ。

しかし、ストラダーレは表情一つ変えずに空を見上げ、剣を振った。最小限で剣を振り、僅かに身を捩《よじ》らせる。それだけで、まるで矢はストラダーレを避けるように横を通り過ぎて地面へ突き刺さる。自分に当たりそうな矢だけは斬り落としているのか、数本の矢を剣を防ぎながら走っている。

恐るべきは、馬を走らせながら瞬時にそれだけのことをしているというところだろう。ディーを差し置いて騎士団長に任命されただけはある。

かなりの人数の騎兵が犠牲になってしまったかもしれないが、相手はそれ以上であることは間違いない。

比べものにならない少数での攻撃だというのに、なんと見事な戦いか。

「……でも、そろそろ動いた方が良いだろうね」

そう呟《つぶや》いて、城塞都市の射程圏内に入った装甲馬車《ウォーワゴン》を眺めた。ほぼ同時のタイミングで、最前線を走っていたパナメラが戻ってくる。

「バリスタ！　発射用意！」

パナメラが指示を出し、装甲馬車《ウォーワゴン》の後方にいた騎士達が素早く準備を始める。その小隊を指揮するのは我らが最強連射式機械弓部隊の隊員達である。

「装甲を立てて！　左右の壁を外して床に！　バリスタの弓胴はしっかり伸ばしきって！」

「滑車の部分は必ず何も干渉しないように！」

「台座から見て弦受けが真っすぐか確認しなさい！」

もうすっかり機械弓、バリスタのエキスパートになった面々が熟練の騎士達に指示を出す。

きちんと盾の部分を一番に設置したが、幸運にも装甲馬車《ウォーワゴン》十台のどれもが組み立て中に砲撃されることはなかった。流石《さすが》に組み立ての最中に砲撃などされたら多くの死傷者が出ただろう。

「移動式バリスタ、完成しました！」

一番に中央のバリスタが完成した。完成を知らせる合図を受け、パナメラは前方の城壁を指し示す。

「城門を狙い、放て！　第二、第三のバリスタは完成次第城壁の上部にある櫓《やぐら》を狙うぞ！」

「はっ！」

パナメラの言葉に、バリスタ隊は次々に発射していく。一発目は城壁の門を、二発目と三発目以降は指示通り櫓を狙った。

「城門、櫓四つ！　命中しました！　他の五つの矢も城壁部分に命中しています！」

と、成果が分からずに目を凝らしていると、カムシンが教えてくれた。

「大砲なんかより遥かに高い命中率です。パナメラ様も言っていましたが、大砲はきちんと対処法さえ知っていれば恐れる必要はありませんね」

カムシンが目を輝かせてそんな感想を口にする。その言葉に笑って顎を引き、遠くを見た。

今は確かに魔術師の優位性を考えたら大砲が有利とは言い切れないかもしれない。しかし、このまま研究が進めば、明らかに魔術師を超えてしまう兵器が誕生するだろう。

それまでに、こちらも様々な準備をしておく必要があるのだ。


パナメラの作戦は上手《うま》くいった。

目的通り、敵の砲撃を上手く外しつつ、バリスタを射程範囲内で準備することが出来た。更に、一台も砲撃されることなく矢をそれぞれ発射することまで出来たのだ。まぁ、僕だったらそもそも攻め込むようなことはしないが、ほとんど被害を受けずに一方的に先制攻撃を成功させたのは素晴らしい功績だろう。

恐らく、バリスタの矢を撃ち込まれたイェリネッタ王国とシェルビア連合国は攻撃対象をパナメラとバリスタに絞ってくるだろう。そうなると、今度は徒歩の騎士団も城壁まで辿り着く目が出てくる。本来なら間違いなく砲撃を受けてまともに進むことも出来なかっただろうが、パナメラの作戦のお陰でそれが可能になったのだ。

ちなみに、僕は後方から砲撃の角度や有効射程距離の分析を続けており、絶対に砲撃されない位置から状況の把握を行っている。何ならアルテやティルと一緒に装甲馬車《ウォーワゴン》の中から外の様子を窺《うかが》っているような状態である。暗殺が怖いのだから、許してもらいたい。

「ヴァン様、騎士団が被弾対象範囲に入りました。そろそろ、装甲馬車《ウォーワゴン》も砲撃を受けるかもしれません」

馬車の御者をしていたカムシンが、緊張した様子でそう口にした。カムシンは当初からパナメラの囮《おとり》作戦を不安に思っていた。単純にパナメラの身に危険があるという点で反対していたのだが、パナメラが見事に無傷で囮作戦を実行した為、心配は動きが遅い装甲馬車《ウォーワゴン》の方へ移ったらしい。

装甲馬車《ウォーワゴン》は発射をする際に必ず地面に脚部を設置して固定する必要がある。そこをタイミング良く砲撃されたら回避は出来ないのだ。

とはいえ、装甲馬車《ウォーワゴン》は前面の盾部分を強化している為、一撃で破壊されることはないと思う。いや、そうであって欲しいと願っているというべきか。悲しいが、装甲馬車《ウォーワゴン》はまだ砲撃を受けたことがないので強度に絶対の自信など無い。

まぁ、最悪装甲馬車《ウォーワゴン》が壊れたところで再度作製すれば良いが、それを操作していた人員は取り返しがつかない。特に、身内ファーストで申し訳ないが、我が騎士団の団員は失うわけにはいかないのだ。

「よし。それじゃあ、もう一手攪乱《かくらん》の為の策を使うとしようか。パナメラさんも口にはしなくても期待していることだろうし」

ヤキモキしているであろうパナメラの心情を思って苦笑し、アルテを見た。

「アルテ、人形を出せる？」

「は、はい！」

声を掛けると、アルテはすぐに馬車の中で立ち上がり、外へ続く両開きの扉を開ける。外に出てこちらを振り返り、装甲馬車《ウォーワゴン》内の人形二体を真剣な目で見つめた。

「……お願い、一対の銀騎士《アヴェンタドール》」

傀儡《かいらい》の魔術を行使しつつ、アルテはウッドブロック製の人形二体に声を掛けた。片膝をつくような形で鎮座していた二体の人形は、アルテの言葉を合図に立ち上がり、滑らかな動作で馬車から降りていく。

アルテは常に人形達に意識があるかのように声を掛け、戦いを終えた時は自ら汚れを拭って労《ねぎら》っている。そのせいか、なんとなく人形達には本当に意思が宿っているのではないかと思ってしまう時もあった。

「アルテ様、頑張ってください！」

ティルが馬車の中から応援すると、アルテは大きく頷《うなず》く。

「はい、頑張ります！」

ティルお姉さんの激励を受けてアルテが奮い立つ。二人のやり取りはどこか和むのだが、今は戦いの最中である。ほのぼのと眺めているわけにもいかない。

「アルテ、真正面から戦わなくて良いからね？　弓矢くらいなら大丈夫だけど、大砲の砲撃は直撃したら壊れちゃうかもしれない。無理はしないようにね」

そう声を掛けると、アルテは頷いて人形達を馬車の前に移動させた。人形達は自らの身長を超えるほどもある長大な直剣を持ち、胸の前で構える。空に刃を向けて立つ人形二体には既に歴戦の猛者といった風格さえ感じさせた。

「はい、分かりました。それでは……行きます」

アルテはいつになく、即答して動き始める。二体の人形は一度腰を落とし、上半身を前に倒した。そして、地面を蹴って走り始める。

僕はそれに若干の違和感を感じた。

まるで、焦っているかのような、もどかしい思いに踠《もが》いているような感覚を受けたのだ。しかし、すでにアルテの人形二体は風のような速さで戦場へと突入してしまった。

「……あの速さなら、真っ直ぐに突っ込んでも砲撃されないかもしれない。でも、もしもがあるからね。左右バラバラに動いて、出来るだけ大砲の照準を集めて」

「はい！」

指示を出すと、即座にアルテの人形が左右に分かれた。その速さは凄《すさ》まじく、あっという間に騎兵達に追いつこうとしている。

砲撃に怯《おび》えながらも前進していた騎士団の皆は、アルテの人形が前に出ていくのを見て歓声を上げた。一部は知らない者もいるが、大半は不死身の銀騎士としてアルテの人形のことを知っている。その噂《うわさ》を利用したのだ。こちらの陣営は人形が参戦して士気が向上する。そして、相手の陣営はその歓声を聞いていち早く人形達の存在に気が付くだろう。

そうなれば、自《おの》ずと大砲の砲台は人形に筒先を向けることとなる。

後は、最前線の距離が詰まっていけば、攻城戦は通常ではあり得ないほどの速度で終わりを迎えるだろう。

そう思っていた矢先、少々予想外の事態が起きた。

アルテの人形に砲撃が集中したのは良いのだが、僅か二、三発だったのだ。いや、狙いが下手なだけかもしれないが、半数以上は明らかにバリスタを狙っている。

「……いくら不死身の騎士とはいえ城壁があるから大丈夫、と判断してるのかな？　それとも、バリスタの方が脅威だと感じたんだろうか」

もし人形二体程度と考えているなら、それは少し甘い判断だと思う。確かに、普通の攻城戦であれば二人の騎士だけが城門に辿り着いたところで何も出来ない。梯子《はしご》を掛けたり、破城槌《はじょうつい》などで門をこじ開けたりするにしても、数百人の人員が必要だ。

防衛力に自信があるのか、それとも別の何かがあるのか。

頭を捻《ひね》りつつも、不確定要素が多い時は無理をしないものだ、と考えを切り替える。

「アルテ、人形を少し下がらせようか」

そう告げると、アルテは驚いたような顔をする。

「え？　戻しますか？　その、このまま行けば城壁まで辿り着けると思いますが……」

珍しく、アルテがそんなことを言った。ふむふむ、少し自信がついたのかな？　自分なりに今がチャンスだと思ったのかもしれない。とはいえ、どうなるか予測出来ないので不安ではある。

「うん、そうだね……じゃあ、危なくなりそうだったら戻してもらおうかな？　アルテの人形は大事な戦力だから、有利な戦況で無理はしないようにね」

そう告げると、アルテはホッとしたように頷いた。

「はい。分かりました」

答えつつ、アルテは人形を城塞都市に向けて走らせる。若干遠回りをするようにしてジグザグに移動しながら向かっているが、やはり城塞都市まで攻め込みたいらしい。大人しいアルテの意外な一面を見たような気分になって眺めていたが、上手に砲撃を避けて前進している。

大量の弓矢が飛んでくるが、そもそもウッドブロック製の人形にはあまり効果がない上にミスリルの全身鎧《ぜんしんよろい》を装備しているのだ。いくら射られようが無視して良いレベルである。

それはアルテも同様の考えだったのか、人形は盾を構えた格好で一気に城塞都市の方へと駆け寄っていった。

「アルテ！　城塞都市に近付き過ぎてるよ！」

「え？」

口を出すまいと思っていたが、嫌な予感のようなものを感じて思わず大声を出してしまった。アルテは驚いてこちらを振り返る。

一方、人形はその間も城塞都市に近付いていってしまっている。改めて指示を出さなければ行動内容を変更しないのかもしれない。どちらにしても、僕の指示が明らかに遅かったのは確かだ。

そう思った矢先、城塞都市の方向で激しい爆発音が鳴り響き、城壁を超えるほどの高さの黒煙が立ち上った。


【コスワース・イェリネッタ】

「で、出た……！　あれは、例の不死身の騎士だ！　二体の騎士が現れたぞ！」

「速すぎる！　あんなの、火砲でも止められないぞ⁉」

例の銀色の騎士が現れてから、城壁の上では動揺が一気に広がっていった。だが、改めて騎士の姿を見ると、確かにと思わされた。巨人と見紛《みまが》うような長身の大男が銀の全身鎧を着ているというのに、まさに風のような素早さで戦場を駆けまわるのだ。更に、身長ほどもありそうな大剣で二、三人まとめて吹き飛ばす人間離れした膂力《りょりょく》。一たび戦場に現れれば、歴戦の騎士団が真正面から叩き潰されてしまう。

味方であれば神話の中の光景だが、敵からすれば悪魔が召喚されたのかと疑うほどである。

勿論《もちろん》、火砲を扱う者達はすぐにその異常な動きを見せる騎士達に狙いを定めようとした。しかし、それでは相手の思い通りだろう。

「貴様ら！　私は指示を出していないぞ！　中心の三台のみ騎士を狙え！　残りはこれまで通り敵の弩《ど》を乗せた馬車か魔術師だ！　分かったな!?」

敵にも聞こえそうなほどの大声で怒鳴る。そのお陰でようやく火砲を操る者達がハッとした顔になった。

「城壁には簡単には近づけない！　先に敵の長距離射程のものを破壊しろ！」

改めてそう告げると、皆が返事をして行動に移る。火砲を操る者達もそうだが、弓兵についても迎撃態勢に移った。

その間にも、二人の騎士はバラバラに動きながらこちらへと迫っている。三台の火砲が常に狙い続けているが、二人の騎士は信じられない速度で走っており、とてもではないが当てられそうにない。

「コスワース様！　城壁間近です！　破城槌などは持っておりませんが、あの超人的な剣は間違いなく脅威になるかと……！」

焦った様子で騎士の一人が報告をしてくる。勿論、それについては言われずとも理解している。だからこそ、その為の準備をしてきたのだから。

「重装歩兵！　前へ！」

指示を出すと、これまで城壁の奥で一列に並んで待機していた歩兵達が素早く最前列の弓兵と入れ替わった。

それを確認して、次の指示を出す。

「今こそ反撃の時だ！　黒色玉と油壺《あぶらつぼ》を投下しろ！」

「はっ！」

指示を受けて、二百人を超える歩兵全員が一斉に黒色玉と油の入った壺を城壁下に向けて投げ込んだ。

数秒ののち、一気に黒色玉が爆発したことで爆風が城壁を揺らし、さらに油に引火したことで城壁の高さに届くほどの火柱がいくつも立ち上った。さながら燃え盛る炎の壁だ。これだけの範囲と威力は、たとえ火の魔術師を十人揃《そろ》えても実現不可能だろう。

これまでにない激しい爆発と炎に、黒色玉を投げた重装歩兵達の中にも尻餅をつく者がいたほどだ。

「火砲隊、弓兵隊！　怯《ひる》まずに攻撃準備！　敵は近付けないと判断したら遠距離からの攻撃に戻る！　動きが止まっている移動式の弩、騎兵がいたら優先的に狙え！」

激しい爆発に気を取られている部下達に、急ぎ指示を出した。その言葉で正気を取り戻し、一斉に攻撃が再開される。

敵にとっても予想外だったのだろう。明らかに動きが鈍った者達が多くいた。

絶好の機会だ。

今度こそ、スクーデリア王国にイェリネッタ王国の恐ろしさを思い知らせてやる。

【ヴァン】

まるでミサイルの爆撃でもあったかのように、城壁の手前で激しい爆発が起きた。直後、炎の壁が燃え広がる。

「な、なんだ……!?」

誰かが驚愕《きょうがく》して叫んだ。これまでにない規模の大爆発だ。それこそ、近代兵器などを知らない皆は声を出せないほどの驚きだろう。

まぁ、僕にしても戦争映画くらいでしか見たことがない光景だが、色々と予備知識があるだけマシである。

そのお陰で、誰よりも早く再起動することが出来たのだから。

「……！　急いで全軍引かせて！　敵の攻撃は城壁前で起きた！　バリスタが届くギリギリの距離から応戦しないと余計な反撃を受けるよ！」

大きな声でそう告げた。現状、形勢は一気に不利になったと思っている。なにせ、予想外の事態でこちらの陣営はパニック状態だ。この状況を引き起こしたイェリネッタ、シェルビア側は何かしようと動くだろう。

ただ無策で受け身に回るのは最悪だと断言出来る。

「アルテ！　人形は動ける!?」

最強戦力の一つであるアルテの人形。これを回収するのも重要だ。そう判断して振り返ったのだが、アルテは返事もせず肩を震わせていた。明らかに動揺している。

「アルテ?」

もう一度名を呼ぶと、アルテはハッとしたような顔になり、すぐに動き出した。

「も、申し訳ありません……っ！　す、すぐに、動きます……！」

追加の指示は一切していないのだが、アルテは自分の判断で再び魔術を行使する。とりあえず、人形は使えるということだろう。

「大丈夫なら、なんとか城門を開けることが出来るかい?」

改めて指示を出すと、アルテは無言で頷いた。

そして、炎と黒い煙が残る城壁で変化が起きる。城門が一部崩れて倒れたのだ。恐らく、アルテの人形が剣で強引に切り開いたのだろうが、敵陣営は何をされたのかも分からないだろう。

「城門！　開きました！」

カムシンが叫び、同時にいたる場所から歓声が聞こえてきた。

今が攻め時だ。

「行け！　敵の城塞都市を占領するぞ！　バリスタ隊は援護を行え！」

パナメラが最前線で怒鳴るようにそう告げると、自らも全力で突撃を開始した。

もちろん、敵陣営もただぼんやりと攻め込まれるのを待つわけがない。火砲だけでなく、大量の弓が空へと射られた。恐ろしい量の矢がパナメラ達に迫る。

しかし、その程度の悪あがきがパナメラに通じるわけがない。矢の処理をする為に最初から詠唱をしながら向かっていたのだろう。パナメラが声を上げて魔術を行使すると、空を覆いつくさんばかりの炎の壁が出現して矢を全て焼き払ってしまった。

驚くほど広範囲の魔術だ。

「突撃！」

自らが放った炎の壁に向かって剣の先を突き出し、パナメラは再度そう怒鳴って馬を走らせる。

これで完全に形勢が決まったと確信させる勢いだった。


「お、おお……」

思わず、そんな声が漏れた。

猛火の如《ごと》く攻め込んだパナメラとストラダーレ達は、瞬く間に城壁の上を奪取し、火砲を無力化した。イェリネッタ王国の騎士団は城門を破られた段階で撤退を決定したらしく、城塞都市を放棄して逃げ出している始末。

そんな状態から、シェルビア連合国の士気は最低を更に下回るほど低くなっていた。

静かになったので恐る恐る崩れた城門を潜《くぐ》り、大型馬車で城塞都市に入場すると、大通りで武器を地面に置いた状態で腰を下ろす騎士達の姿があった。

最前列には髭《ひげ》の生えた中年の男がおり、その前にパナメラとストラダーレの姿もある。

「おお、少年。無事に勝利したぞ……イェリネッタ王国の司令官は逃げた後だがな」

パナメラが不機嫌そうにそう呟くと、ストラダーレは腕を組んだ格好で顎を引いた。恐らく、火砲で酷《ひど》い目に遭わされたジャルパの報復をする相手がいなくなり、拳の下ろす先に悩んでいるのだろう。

二人を横目に、一番地位の高そうな格好の騎士を見る。

「それじゃあ、そこのおじさんはシェルビア連合国の貴族の人ですか？」

そう尋ねると、中年の騎士はハッとしたように僕を見た。

「……もしや、貴殿がヴァン・ネイ・フェルティオ男爵か」

「え？　僕を知ってるの？」

急に名前を呼ばれて驚いて聞き返す。騎士は浅く頷き、僕の顔をまじまじと見た。

「……本当にまだ幼い少年であったか。私の名はタウンカー・ピラーズ。シェルビア連合国の伯爵である。イェリネッタ王国のコスワース殿からこれまでの経緯は聞いている。ヴァンという少年が恐るべき築城術で戦場を支配している、と……」

「えー？　そんなことないですよー。えへへ、照れるなぁ」

タウンカーの言葉に謙遜しようと思ったが、戦場を支配しているなどと言われて我慢出来なかった。照れ笑いを浮かべつつ返事をする。それに、タウンカーは神妙な顔で頷く。

「天才は変わり者が多いと聞くが、なるほどな……」

と、納得したような顔でなんとも言えない感想を述べた。変わり者とはなんだ、お髭騎士め。褒められたと思って喜んでいたのに。

口を尖《とが》らせてタウンカーを見ていると、パナメラが鼻を鳴らして口を開いた。

「そんなことはどうでも良い。まずは、スクーデリア王国に敵対したシェルビア連合国の処遇だ。陛下は苛烈な方だからな。覚悟はしているのだろうな？」

獰猛《どうもう》な笑みを浮かべてそう尋ね、タウンカーは険しい顔で顎を引く。

「……降伏した身だ。何も言う権利など無い。しかし、出来ることなら我が代表者と会談してもらい、ある程度の条件の下、同盟を結びなおして欲しい。イェリネッタ王国の火砲の恐ろしさに従うほかなかったが、今はスクーデリア王国の方が同盟を結ぶに相応《ふさわ》しいと骨身に染みている。必ず代表者を説得し、スクーデリア王国の力になると誓おう」

タウンカーがそう告げると、パナメラは面白くなさそうに眉間に皺《しわ》を作った。

「つまらん。最後の一兵まで、という気概で挑んでくれれば、今度こそ我が領地が誕生したものを……」

小さくパナメラが不穏な台詞《せりふ》を呟き、タウンカーは呆《あき》れたような顔を見せた。

「大国であるイェリネッタ王国と戦いながら、シェルビア連合国も滅ぼそうというのか。それは流石に無謀というものだろう。スクーデリア王もイェリネッタ王国との戦いに集中したいはずだ。この場で勝手にシェルビア連合国とも戦うなどと選択をするのは……」

タウンカーが長々と説得の言葉を駆使しようとし、パナメラは面倒そうに片手を左右に振る。

「ああ、分かった分かった。話はフェルティオ侯爵の耳に入れておく。そちらはそちらで早馬を出せ。言っておくが、この城塞都市と貴様らの身柄は私が預かる。それについては覆らないと知れ。

最大限の条件を提示しなければ、シェルビア連合国とてただではすまんと伝えるが良い」

声のトーンを低くして脅し文句を口にしてから、パナメラはタウンカー達を睨《にら》んだ。タウンカーは神妙な顔でそれに頷き、了承したのだった。

一先《ひとま》ず話がある程度済み、我々は一度センテナに戻ることになった。城塞都市はシェルビア連合国の騎士団が人員を割いて修復するようなので、そちらは全てお任せすることにする。ヴァン君は働き過ぎて疲弊しているのだ。オーバーワークはいけない。今はワークライフバランスの時代だ。

などと思っていると、落ち込んだ様子のアルテの姿が目に入る。

実は、イェリネッタ王国の黒色玉の大量投てきにより、アルテの人形二体が大きく損傷してしまったのだった。鎧の一部が失われ、本体自体も傷だらけになっている状態である。それに気が付いていたから、アルテは物凄《ものすご》く落ち込んでいたのだ。

「ごめんなさい、ヴァン様……せっかく私の為に作ってくれた人形を……」

発覚した直後、アルテが涙目で謝罪をするので怒ることなど出来るわけがない。

「大丈夫だよ。十分修理出来るから、綺麗《きれい》に修復しておくね。アルテのお陰で城門を突破出来たんだし、あんまり気にしないでね」

出来るだけ優しくそう告げたのだが、アルテは悲しげに否定の言葉を口にした。

「……ヴァン様の言葉を聞いて無理をしないようにしていたら、人形はあんなにボロボロにならなかったはずです。本当に、ごめんなさい……」

と、大量の黒色玉による大爆発でやられかかったことを悔やみ続けている。人形を失い掛けたことがよほどショックだったようで、多少励ましたくらいでは全く効果が無かった。何とか元気にならないかと思うのだが……。

【イスタナ・イェリネッタ】

最悪な事態となった。コスワースのせいで、考えられる最悪の未来へと向かっている。

いや、陛下を含め、イェリネッタ王国の誰もが黒色玉と火砲の力を見て、浮足立ってしまったことが原因なのは間違いない。だが、最前線で、指揮を執るコスワースが最後まで戦いを続行したことが一番の問題だ。

どこかで敗北を悟るべきだった。スクーデリア王国がイェリネッタ王国侮りがたしと思っている内に和平を申し出るべきだったのだ。しかし、もはや全ては手遅れだ。

スクーデリア王の気性ならば、何を言っても矛を収めることはないだろう。どんな条件を提示したところで、圧倒的優位が決定した以上、イェリネッタ王国の全てを召し上げるまで止まらない。せめて、属国としてでも国の存続を認めてもらえたなら、我らも生き残る可能性はあったのだ。

「ぐ、うぅう……」

ぐるぐると頭の中で考えていると、馬車の中でくぐもった悲鳴が聞こえてきた。そちらに目を向けると、半身を焼かれたコスワースが苦しそうに呻《うめ》いている姿があった。

こいつのせいで、私まで死ぬことになるのか。

そう思うと今すぐぶん殴ってやりたい気持ちになるが、そんなことをしてもどうにもならない。

「イスタナ様！　シェルビアの街を通過しますが、よろしいでしょうか!?」

「タウンカー伯爵達を置いて撤退したのだ！　早馬が来たらシェルビア連合国も敵になる恐れがある！　このまま出来る限り速度を落とさずイェリネッタ王国まで戻るのだ！」

「は、はは……っ！」

コスワースの私兵も含む我が国の騎士約一万五千を率いているが、それでも心許《こころもと》ない。いや、絶対に勝てないとさえ思っている。

三万という兵を率いて参戦して、二回の衝突で半数が削られた。それはシェルビア連合国の騎士団も同様である。相手はたった一万五千程度であったことを考えると、単純に人数が多いから安心などとは思えない。

「一刻も早く王都に帰還し、陛下を説得する！　このまま戦い続けても無残に踏み潰されるだけだ！」

尊厳も何も無い。国や王家の存続の為にはなりふりなど構っていられないのだ。

イェリネッタとシェルビアの連合軍を撃破し、更にセンテナを最強の防衛拠点に改築した。その効果は高く、シェルビア連合国の騎士団はまだ一万近くの兵力を保持していたのだが、それでもタウンカーは敗戦の将らしく殊勝な態度だった。

重傷を負っていてまだベッドから起き上がれていないジャルパは会談に応じず、仕方なくパナメラと僕がタウンカーと交渉することになった。とはいえ、パナメラは既に要望を述べているので、ジャルパからの意向を伝える程度で終わり、タウンカーは騎士団の半数を率いてシェルビア連合国の首都へと向かったらしい。

一方、僕はようやく帰れると安心していた。マイダディは順調に回復してきているし、そろそろセアト村に戻っても良いだろう。

「……父上も杖《つえ》をつけば歩けるようになったし、そろそろセアト村に戻ろうかな」

パナメラやタルガ、ストラダーレとの会議中にそう告げると、パナメラが腕を組んで首を左右に振った。

「何を言う。今からシェルビア連合国の騎士を集められるだけ集めてイェリネッタ王国に一番槍《いちばんやり》で殴り込もうというところで……」

パナメラが不機嫌そうにそう言うと、タルガが苦笑しながら頷く。

「そうですね。シェルビア連合国の協力が得られそうなら最大限利用した方が良いでしょう。とはいえ、ヴァン様が来てくれたお陰でセンテナを守ることが出来ましたから、ヴァン様が帰りたいと言うならば止めることは出来ませんね」

タルガはそう口にして微笑を浮かべた。おお、タルガ君。中々話せる奴《やつ》じゃないか。僕はそろそろセアト村に戻って大浴場で心の洗濯をしたいのだ。よきにはからえ。

そんなことを思いながら成り行きを眺める。すると、ストラダーレが難しい表情で、こちらを見た。

「……ヴァン様。ジャルパ様は暫《しばら》く戦場に出ることは出来ないでしょう。勝手なお願いではありますが、センテナの防衛をお願い出来ないでしょうか」

そう言われると、弱ったマイダディを実際に見ている以上断り辛《づら》い。

「うーん……それなら、タルガさんがセンテナを守りやすいように移動式バリスタを提供しようかな。後、サービスで特製の剣も」

「おお、それは心強いですね」

タルガは素直に喜んでいた。今まで会った中で最も大きな体軀《たいく》を持つ男ながら、中々好ましい性格である。

ストラダーレは僕とタルガのやり取りを聞き、小さく息を吐いた。

「……仕方ありません。そもそも、フェルティオ侯爵家の領地と隣接するセンテナを守るのは我々の責務。独立なさったヴァン様が身を削る義務はないのですから」

ストラダーレは残念そうに呟く。それを聞き、パナメラが鼻を鳴らして笑った。

「少年を辺境の村に追いやったのはフェルティオ侯爵本人だろう？　今更都合が良い話だと思え。私ならそんな頼み事など口が裂けても言わんぞ」

意地悪な言い方でパナメラが指摘し、ストラダーレは表情を暗くする。

「……耳が痛い話です。ここだけの話ですが、ヴァン様が出立された日から、何度も騎士やメイド達から何とか御当主に嘆願して呼び戻すことは出来ないのかと言われておりました。しかし、ジャルパ様がお決めになったことに否など言うべきではありません」

「ふむ。その話を聞く限り侯爵家で一番の失態はエスパーダ殿とディー殿を手放したことだな。主人に反対意見を述べることが出来る家臣は貴重だ。賛成者だけで身内を囲ってしまえば、やがてその家は衰退する」

パナメラはストラダーレの目を見て見下すようにそう告げた。ストラダーレは何も答えず、ただ俯《うつむ》くのみである。

「ま、まぁまぁ……とりあえず、僕は帰るからね？　防衛は出来るようにしとくから、それで許してよ」

僕の為に争うのは止《や》めて！　思わず悪ノリでそんなことを口走りそうになったが、ストラダーレがガチ凹《へこ》みしてるので言えなかった。

僕の言葉を聞き、ストラダーレは神妙な顔で深く一礼する。

「……深い温情をいただき、感謝いたします」

「いやいや、気にしないで良いから」

本当に余計なことを言わなくて良かった。久しぶりに思い出したが、ストラダーレはクソ真面目なのである。

「ストラダーレとタルガさんには良い武器を作ってあげるから、頑張ってセンテナを守ってください」

「承知しました」

「この命に換えても……」

「重いよ！」

そんなやり取りをして、ようやく僕の帰宅が決まったのだった。


ジャルパの休む一室に行くと、ベッドではなくソファーに腰掛けたジャルパの姿があった。

一瞬、誰かと疑うほど疲弊し、痩せた姿である。どうやら、傷の痛みはどうしようもなく、食事も睡眠も満足に取れていなかったらしい。

「……ヴァン、か」

掠《かす》れた声で、ジャルパが名を呼んだ。なんとなく怒られるような気がして足が前に出ない。

「そこに座れ」

「……はい」

結局、指定までされて座るように促されてしまった。場所は小さなテーブルを挟んではいるが、ジャルパの正面の椅子である。

そっと音を立てないように座るが、物凄く居心地が悪い。

ちらりと盗み見ると、ジャルパは身体《からだ》の失った部分はそのままだった。服を着てはいるが、あるべき場所に盛り上がりがない為、誰でも一目で分かるだろう。

何を言えば良いか。もう帰ると告げたら怒られないだろうか。

そんなことを考えていると、ジャルパは真っすぐに僕を見て、口を開いた。

「……ヴァン。これから何をする？」

端的な質問だ。だが、妙に懐かしい言葉だった。

そうだ。これは、フェルティオ侯爵家で暮らしていた時、毎朝聞かれていた質問だ。その度に、僕は勉強や剣を学ぶと答えていたと思う。あの時はジャルパのことが怖いと感じていたし、下手な返事をしないように多少の緊張感をもって答えていたはずだ。

懐かしいが、その時に比べて遥かに弱ってしまっているジャルパの姿を見ると物悲しい気持ちになる。

「……どうした。何故《なぜ》、答えない」

色々と考えていると、ジャルパが不審そうに眉根を寄せて同じ質問をしてきた。

軽く頷いて、ジャルパの目を見て答える。

「今から一度セアト村に戻ろうと思っています」

「……戻る、だと？　今の状況ならシェルビア連合国は属国に近い立ち位置となるはずだ。誰が見ても、シェルビアに協力させてイェリネッタ王国の領地まで攻め込むべきだろう。主力が出払っている現状なら、王都を落とすことも可能だ」

ジャルパが掠れた声を低くしてそう言った。勿論、そんなことは分かっている。しかし、シェルビア連合国の領地を突き進み、更にイェリネッタ王国の国境付近の砦《とりで》やら城塞都市やらを攻略しながら進軍するとなると、数ヶ月もの大移動となる。

挙句、王都を武力で制圧したら補修作業をやらされる可能性もある。下手したら家に帰り着くのは一年後などもあり得るだろう。

僕はのんびりお風呂に入ったり食事が出来る毎日が重要なのだ。

だが、そんな本音を話せるわけもない。そう思い、適当な言い訳を考えて答えることにする。

「……僕はそんな目先のことの為に動いているわけではありません。僕の目標は中央大陸です。シェルビア連合国やイェリネッタ王国については通過点としか思っていないので、その為に割く時間はありませんよ」

そう言って様子を見ると、ジャルパは目を僅かに見開き、唖然《あぜん》とした表情となった。偉そうなことを言うなと怒られるだろうか。いや、そもそも陛下率いる王国軍を戦わせておいて自分は高みの見物作戦がバレたのかもしれない。

内心ハラハラしながら返事を待っていると、ジャルパは深く息を吐いて目を細める。

「……これまでも多くの間違った選択をしてきたとは思っていたが、どうやら侯爵家として最も大きな過ちはこれだったようだな」

「これ、とは僕のことですか？」

よく分からないジャルパの言葉に聞き返すと、鼻を鳴らして含みのある笑みを浮かべる。

「……今や貴様は我が侯爵家より独立した。男爵家とはいえ、一つの家の当主であるならば自分で

考えるが良い」

それだけ言って、ジャルパは押し黙った。とりあえず、帰宅について否とは言われていないので良しとしよう。

「……それでは、僕は僕なりに考えて動こうと思います」

一応、真面目な雰囲気だけ出してジャルパにそう告げると、そっと部屋を後にしたのだった。

さぁ、セアト村に帰るぞー！

最終章 ★ 帰宅

センテナへの強襲をなんとか防ぎ切り、シェルビア連合国とも有利な同盟を結ぶ算段までこぎつけた。

重傷を負ったが、ジャルパは健在でセンテナの防衛力も大幅に増している。十分な働きだろう。それに、イェリネッタと我が国の主力同士の戦いは間違いなく有利だ。センテナに数万の軍を連れてきていたことを考えると、すぐに決着がつきそうである。

そんな楽観的思考のもと、僕はセアト村に帰った。

早く帰りたかったので二つの街にしか立ち寄らず、お土産もそこそこしか買っていない。かなり疲れたが、セアト村と冒険者の街の姿が視界に入ると、物凄《ものすご》く安心出来た。やはり、僕にとってはもうセアト村が故郷なのだろう。

「お帰りなさいませ」

「ただいま、エスパーダ」

城門が開くと、すぐにエスパーダ達《たち》が出迎えてくれた。セアト村の騎士団も何事も無かったようだ。皆からわいわい言われながらセアト村に入り、領主の館へと向かう。

「ヴァン様！」

「お帰りなさい！」

「はーい！　皆、ただいまー！」

アイドルさながらの歓声を浴びつつ、僕は真っ先に領主の館へと移動した。

「やっと帰り着きましたね」

領主の館に到着するとティルが馬車から一番に飛び出した。それを見て笑っていると、後を付いてきていたエスパーダがわざとらしく咳払《せきばら》いする。

「淑女としての所作を問う前に、そもそもヴァン様のメイドである身でそのような……」

「す、すみませーん！」

しばらく怒られることがなくて気が抜けていたのだろう。ティルはメイドにあるまじき行動であるとエスパーダに説教される羽目となった。

この二人のやり取りもどこか懐かしい。そんな気持ちで苦笑しながら眺めていると、今度はカムシンが外に出てロウを見た。

「ロウ様！　稽古をお願いします！」

「えぇ!?　今から!?」

馬から降りたばかりのロウが驚愕《きょうがく》する。カムシンはやる気満々といった様子で剣の素振りを始めており、傍目《はため》から見ても断れない雰囲気である。

ロウはがっくりと肩を落としつつも、自分の剣を持ってトボトボとカムシンの方へ歩いていった。

なんだかんだで面倒見が良い男である。

と、ティルが怒られ、ロウとカムシンが稽古の為に移動を始めると、ようやくアルテが馬車から降りてくる。

それなりに元気になってきたが、それでも不意に表情を暗くするアルテに、ティルもかなり心配して紅茶やお菓子でご機嫌取りをしていた。まぁ、やり方は子供騙《だま》しだが、ティルなりに一生懸命考えたのだろう。

そのお陰でかなり明るくなったが、つい先日の夜営中も人形を見て涙を流している姿を見てしまっている。

「……よし！　やっと帰れたし、今日はバーベキュー大会をするぞ！　エスパーダ、材料とかはあるかな？」

アルテを元気にさせようと思い、説教中のエスパーダにそう問いかける。それにティルが感動したような顔で振り向いたが、残念ながら説教を中断させる為《ため》に言ったわけではない。

まぁ、喜んでいるからそういうことにしておこう。

「先日冒険者の方々がダンジョンとの往復で討伐した魔獣の肉などがかなり余っているようです。燻製《くんせい》などの保存肉も保存出来る限界がありますので、バーベキューで使用するのは問題ないと思われます」

エスパーダの返答を聞き、頷《うなず》いてからティルを見る。

「それじゃあ、ベルランゴ商会に声を掛けてバーベキュー大会の準備をお願い。何か準備に必要なものがあったら作るから、何でも言ってね」

そう告げると、ティルが喜んで返事をした。

「はい！　では、早速行って参ります！」

スキップで行動を開始したティル。それを無言で見送ってから、エスパーダはこちらを見た。

「……それでは二時間少々あるかと思いますので、ヴァン様にはその間に作っていただきたいものがあります」

「え？　何を作るの？」

聞き返すと、エスパーダは帳簿のような紙の束を取り出した。ページを捲《めく》っていき、真ん中ほどで手を止める。

「一ヶ月ほど前と、二週間前に住民が増えました。以前同様に侯爵領及び伯爵領から流れてきた移民約千名と、ベルランゴ商会とメアリ商会の方々が奴隷を約三百名連れてきました。私の判断で購入いたしましたが」

「あ、うん。それは大丈夫だけど……もしかして、家建てろって話？」

恐る恐る聞き返すと、エスパーダは首肯した。

「えー!?　もうセアト村には大工さんがいるじゃないの！　もう結構建ててたと思うけど……」

「人手が足りません。四人で一つの家屋としても三百以上の家屋が必要です。どうにか一ヶ月で建てられたのも十軒程度。そもそも、ヴァン様の感覚では遅いかもしれませんが、住居となる家屋は建つまでに一ヶ月近く掛かるのが普通なのです。それを考えると、大工職についている人数も……」

「だー！　分かった、分かったよ。頑張ります。頑張らせてください。アルテは先に家で休んでてね。後で呼びに行くよ」

くどくどと説教が始まりそうになり、慌てて話を切って止めた。仕方なく、アルテを残して家作りに向かう。

ティルもいない為、珍しくエスパーダと二人行動だ。

城壁の前から中心に向かってもうかなりの戸数の家が建っている。更に、商店や宿まであり、村の端に行けばドワーフの炉と鍛冶屋ゾーンも存在している。本来ならもっと色々と施設が必要なのだろうが、残念ながらそんな余裕はない。

今度、ベルランゴ商会とメアリ商会に援助を求めてみよう。新しい施設を設置するなら専門的な知識を持つ人材が必要である。

「入口の右側が空き地が多いから、そっちから家を建てていこうかな」

そう告げると、エスパーダが顎を親指と人差し指で揉《も》みながら唸《うな》る。

「そうですな。入口から中心にある領主の館まで既に商店や冒険者ギルドなど、皆が利用する建物が建ち並んでおります。入口左右にもそれらが並んだ方が効率が良いでしょう。少し離れますが、入口から見て領主の館の左手の方面に家屋を集中させた方が良いかもしれません。また、想定よりも人口増加が進んでいます。建物も複数の世帯が住むことが出来る大きなものが良いでしょう」

なるほど。どうやらエスパーダも村の充実を考えていたらしい。複数世帯が住めるとなると、やはりアパートか。流石《さすが》にこんな辺境の村にタワーマンションなるセレブの住居を建てるつもりはない。

「それじゃあ、城壁に沿って通りを作ってからアパートを建てようかな。せいぜい三階建てくらいだけど、頑張れば六世帯が住める大きさで建てようと思うから、それを並べればかなりの人数が住めるよね」

そう告げると、エスパーダは一瞬考えるような素振りを見せた。一、二秒思案して、近くの住居を指差す。

「限界値の確認、という意味でお尋ねしますが、そこの家屋二つ分ほどの敷地で、何階建ての建物を建てることが出来ますか？」

「え？　その家二つ分？　う〜ん、真ん中に階段を作って左右に三ＬＤＫとすると、四階建て……いや、五階建てくらいならいけるかな？　もっと広い敷地なら多分十階建てでも大丈夫だろうけど……」

そこまで答えて、嫌な予感がして口を噤《つぐ》む。エスパーダを見ると、ぶつぶつと何か呟《つぶや》いていた。

「十メートル四方で四十人であれば一区画で二百人。対して、八十人であれば一区画で四百人。その後も考えるなら、高層の住居の方が良さそうですね。しかし、数十年後を考えるなら老朽化して倒壊する恐れもあります。その場合は対処が難しくなってしまいますので、三階から四階程度の住居に抑え、セアト村の敷地を使い切ってしまったら冒険者の街まで含めて一つの大きな街にする方が良いかもしれません」

と、エスパーダは地震もないような国でしっかりと倒壊について考慮した街づくりを進言してきた。ちゃんと賢い人というのはこうやって様々な可能性、危険を考慮しているのだろう。僕なら大きければ大きいほど良いと答えたところである。

「それじゃ、三階建てでいこうか。道が格子状になるようにした方が良いよね？」

「そうですな……前後で背中合わせになるようにして建てていけば間に道を通すことが出来ます」

「よし、それでいこうか。それじゃあ、予定地にウッドブロックと丸太をどんどん運んできてもらおうかな。誰か人手を集めに……」

「あ、わ、私が行きます……！」

エスパーダとの会話でそれなりに段取りが出来たところで、早速建築の為の資材を準備しようと思ったのだが、誰かを呼ぶ前に後ろからアルテが突然現れて仕事を買って出てくれた。

「アルテ？　家で休んでたら良かったのに」

驚いてそう告げるが、アルテは首を左右に振り、真剣な顔で口を開く。

「いえ、騎士団の方々を呼んで参ります。少々お待ちください」

そう言うと、アルテは急いで城門の方へ向かった。城門のすぐ前には衛兵の詰め所もあるので、行く先は間違いないが、アルテが一人で人を呼びにきたら吃驚《びっくり》しないだろうか。

「エスパーダ。一緒に行ってあげてくれる？」

「ふむ、なるほど……承知しました」

エスパーダは二つ返事で承諾し、アルテの後を追って歩いていったのだった。

「ヴァン様ー！　バーベキュー大会の準備が出来ましたよー！」

ティルが遠くの方から準備完了の報告をしてくれた。一方、こちらはエスパーダ指揮の下、アルテや稽古終わりのカムシン、騎士団の面々によって木々が丸太状態で次々に持ち込まれている最中である。

「あ、アルテ様！　我々が運びますから！」

「だ、大丈夫、です……」

大して手伝えていないと思うが、アルテも懸命に丸太の端っこを持って運んでいる。というか、騎士の面々が気を遣っている状態だ。

「……よし、とりあえず二棟完成したし、今日のところはバーベキュー大会でパーッとしようか！」

気持ちを切り替えるべく、僕は大きな声でそう言って建築の手を止めた。ぶっちゃけ疲れ果てているはずの騎士団の一部やカムシン、アルテはホッとしたように返事をしていた。セアト村で留守番をしていた面々はただ単純にバーベキューを喜び歓声を上げている。

会場へ移動すると、すでに通りの真ん中には等間隔にキャンプファイアーが出来上がっていた。いや、焚火《たきび》と言うにはデカすぎるのでキャンプファイアーと呼んでいるのだが、セアト村の面々もたいがいパーティーピーポーばかりである。街のど真ん中であんなでかい火を起こすなど普通ではない。

そして、周囲には肉の塊が木の皿の上に大雑把に盛り付けられており、果物だの野菜らしきものもドカドカと皿の上に盛りつけられているが、皆の目が行くのは樽《たる》に入った酒精ばかりである。今回は若い女性にも人気の果実酒も多めに準備してもらったので、大人は皆お酒が気になって仕方がないといった様子だ。

そんなことを言いながら会場入りすると、セアト村の皆から歓声が上がった。

「おぉ、もう準備はバッチリだね」

「ヴァン様ー！」

おお、我を崇《あが》め奉る声が聞こえてくるぞ。まさか、超天才少年ヴァン君の熱烈なファンがここまでの人数になっているとは。よし、新しい宗教を設立しよう。

そんなことを思いながらファンサービスとして神々しい微笑《ほほえ》みを向けながら歩いていると、さらなる歓声が鳴り響いてきた。

「わー！　早く始めろー！」

「肉だ、肉ー！」

「ヴァン様、十歳からお酒良いですかー!?」

と、熱烈を通り越して猛烈な歓声が四方八方から聞こえてくる。おお、ヴァン君を称《たた》える声ではなかったのか。この罰当たりどもめ。相場の半額以下だった税金を十倍にするぞ。

純真なヴァン君は傷心のあまり心の中で罵声を上げながら広場の真ん中まで移動する。

そして、将来税金が十倍になるとは知らずに野次を飛ばす住民達を振り返った。まぁ、冗談だけど。

「はい！　バーベキュー大会を始める前に言っておきますが、お酒はセアト村では二十歳になってからです！　これが村の決まりね！」

第一声でそう告げると、物凄いブーイングが起きる。

「えー！」

「なんでですか!?」

「あんまりだ！」

と、未成年どもが騒ぎ出す。最近は若い人の割合が増えてきたのか、ブーイングの勢いが物凄い。

よし、税金を二十倍にしよう。ごめんなさいと言えた人は一年間税金免除。

若干頬を引き攣《つ》らせながら、改めて開会の挨拶に戻る。

「はいはーい！　それでは、バーベキュー大会を始めます！　まずは、乾杯の為にコップに飲み物を入れてくださーい！　あ、お酒は二十歳から！　十九歳以下でお酒を口にした人がいたら罰としてディーの特別訓練に参加してもらいます！」

注意事項と違反者への罰を告げると、途端にブーイングは止《や》み、辺りに静けさが戻った。

静かになったギャラリーを軽く見渡して、ティルから飲み物を受け取る。もちろん、僕もお酒ではなく果実水である。

「それじゃあ、セアト村の発展とスクーデリア王国の勝利を祈って、乾杯ー！」

「かんぱーい！」

皆で大きな声で乾杯を唱和し、飲み物を一斉に飲んでいく。大人は酒を呑《の》んだ瞬間から上機嫌になり、若者達は肉を食べて笑う。一気に大宴会の様相を呈していくバーベキュー会場。賑《にぎ》やかさ故か、どこかで歌を歌う声も聞こえてきた。

眺めているだけでとても楽しい気分になる。

「……久しぶりですね」

ティルがしんみりとした様子でそんなことを呟く。

「そう？　そんなに久しぶりだったかな？」

なんとなく聞き返すと、ティルは首を左右に振って苦笑した。

「いえ、そう感じただけです。多分、色々あったからだと思います」

ティルにそう言われて、確かにと頷く。

「そうだね。今回は本当に大変だった。でも、センテナは強化出来たし、父上は負傷してもストラダーレがいるから大丈夫だよね。あ、タルガさんは凄く良い騎士だったなぁ」

そんな感想を口にしつつ、隣を盗み見る。すると、表情が少し暗いアルテの横顔があった。やはり、バーベキューの楽しそうな雰囲気ぐらいでは感化されないらしい。

どうにか良い方法は無いか。ぐるぐると頭を悩ませた結果、一つの方法を思いついた。

「……アルテ。ちょっとだけ人形を操ってみてくれる？」

そう声を掛けると、アルテは驚いて振り向いた。

「え？」

生返事をするアルテに頷きつつ、一つのウッドブロックを手に持って頭の中でイメージをする。

小さな子供ほどの大きさだが、細部までこだわって作ったドレス姿の女の子の人形だ。動きやすいように少しスカート部分が短いが、それでも品のある衣装になったと思う。

もちろん、関節部分は全て可動式である。

「この人形を、前みたいに踊らせてくれるかい？」

そう告げると、アルテは少し戸惑ったような表情をしつつ、頷いて魔術を行使し始めた。バーベキュー大会は既に最高潮であり、アルテが人形を動かし始めてもほとんどの人は気づいていない。

しかし、小さな子供が人形の踊る様子を見て声を上げ、その両親らしき男女も人形の踊りに感嘆の声を上げた。

「わぁー！」

「綺麗《きれい》な踊り……」

そんな感想を聞き、少しアルテは照れたように俯《うつむ》く。人形は生きているかのように滑らかな動きで踊り続けている。その内、近くにいる人、子供の声を聞いた人が、徐々にアルテの人形の存在に気が付いていき、その踊りを見ながらまた盛り上がり始めた。

アルテの魔術で動く人形。それを中心に人々が集まり、楽しそうに笑い、驚いてみせる。その様子を見て、少しずつアルテも嬉《うれ》しそうに笑うようになってきた。

「……大丈夫そうかな？」

アルテの様子を眺めながら、小さく呟く。

大事にしていた人形を傷つけてしまい、自信を持ちつつあったアルテは激しく後悔し、再び自信

を失いつつあるように見えた。だから、少しでも自信を取り戻せないかと思っていたのだ。

本当なら、人形を操る傀儡《かいらい》の魔術だけでなく、他のことでも自信を持てるように出来たら一番だったのだが、そう簡単にはいかないだろう。少しずつ、アルテが前向きになれるように日々を過ごそう。自分に自信を持ち、自分のことを好きになれれば、アルテはもっと嬉しそうに笑ってくれると思う。

そんなことを思いながら、僕は果実水を口に含み、ティルが焼いてくれたお肉を食べる。

表面の皮がカリカリとしており、少し力を入れて齧《かじ》った。香ばしいお肉の香りが鼻孔をくすぐり、柔らかい肉からは甘い肉汁が口の中に広がった。甘みのある肉は塩と黒コショウだけで食べても美《お》味《い》しいが、ヴァン君特製の焼き肉のタレで食べても大変美味である。

少し甘辛く味付けしたヴァン君特製の焼き肉のタレが加わると、肉自体の甘さも合わさって素晴らしい調和が感じられた。

「うわ、美味しいね。外はカリカリで中はジューシー！　これはビールか赤ワインが美味しいかな？」

あまりの美味しさに、思わずそんな感想を口にする。

すると、ティルが目を丸くしてこちらを見た。

「……ヴァン様？　お酒は二十歳からですよ？」

あれから一ヶ月。激しい戦いに参加した余韻はすっかり失われ、いつもの午前中は剣術稽古、午後は領主の仕事、夜は勉強という毎日がやってきた。いい加減グレるぞ、ディーとエスパーダめ。

今日も疲れた体と脳を癒そうとゆったりと就寝前のお風呂に入っている。

「やっぱり、お風呂は体の洗濯だなぁ……」

あれ？　心の洗濯だったか。体が綺麗になるのは当たり前な気がする。

そんなことを考えていると、どたどたと激しい足音が大浴場の外まで響いてきた。ここは領主の館のヴァン君専用大浴場である。何を騒々しい。静かにしたまえ。

そう思って湯舟に浸《つ》かったまま出入口の方を眺めていると、勢いよく開き戸を開けてカムシンが入ってきた。

「ヴァン様！」

「カムシンのエッチ」

「っ!?　す、すみません！」

冗談で純情な乙女の反応をしてみせたら、カムシンは焦って謝りながら出ていってしまった。そういえば、カムシンは真面目だった。

「冗談だよー！　なんの用事ー？」

開き戸の向こう側に向かって声を掛けると、カムシンが静かに戻ってきた。

「……びっくりしたじゃないですか」

珍しくカムシンがぷりぷりして文句を言ってきた。ごめんて。

「冗談だってばー。それで、何の用？」

「はい。先ほど、陛下率いる王国軍の早馬がこちらへ到着しました」

改めて聞き直す。すると、カムシンはすぐに気持ちを切り替えて真面目な顔をした。

「え？　早馬？　また城塞都市を改築しろとか無理難題じゃないの？」

思わず眉間に皺《しわ》を寄せて返事をしてしまう。それにカムシンが首を左右に振った。

「いえ、もしそんな内容だったら追い返しております」

「いやいやいや、追い返しちゃだめだよ？　陛下からの早馬でしょ？　そんな時は、理解を示しつつ色々理由をつけてゴネてゴネてやり過ごさないと……」

恐るべき回答をするカムシンに大人の対応について伝授する。しかし、カムシンはそれには返事をせずに話を続けた。

「内容を確認しましたが、どうやらイェリネッタ王国との戦いに勝利したとのことでした」

「……へ？　勝利って、国境での戦いにってこと？　城塞都市ムルシアの防衛戦で防衛成功ってことかな？」

驚いて聞き返すと、カムシンは首を左右に振って口を開いた。

「いえ、イェリネッタ王国側が停戦を要求し、陛下が拒否したそうです。王都まで攻め入ると宣言したところ、条件付きの降伏を告げられ、交渉した後に認められたと聞きました」

「へぇ、降伏してきたってことか。シェルビア連合国と手を結んで攻勢に出たけど失敗しちゃったから、それが伝わったのかな?」

驚きつつも、降伏自体は賢い選択だと納得する。そのまま戦い続けたなら間違いなくイェリネッタ王国の王都は壊滅的被害を受け、王族や一部上級貴族は一族郎党処刑という恐ろしい未来が待っていたことだろう。

「よし、報告を聞きに行こうか」

とりあえず、結果を聞いてみたい。そう思って浴場を出て、ささっと体を拭いて着替える。ティルが着替えを用意してくれていたのだが、どうも狙ったかのように派手だ。最近はメアリ商会や商業ギルドが商品を持ってくる為、辺境とは思えないような凝った衣装が届くようになった。そのせいでティルも色々と仕入れてしまうのだろう。

自分はあまり派手な服を好まないくせに、僕には目立つ服装をさせたがるのである。今回も真っ青な生地に銀の刺繍《ししゅう》がされた実に貴族らしい服だった。

裸で出るわけにはいかないので、渋々それを着て表に出る。

「こちらでお待ちしていただいています」

カムシンに案内されて来客用の貴賓室に行くと、扉が開いたままになっており、ティルが配膳台を運び込んでいた。

「あ、ヴァン様。湯浴《ゆあ》みはお済みですか?」

「うん、良いお湯だったよー」

そんな会話をしつつ、貴賓室でソファーに座って待つ人物に振り返る。

と、そこにいた人物を見て、思わず絶句する。

「……ヤルド兄さんと、セスト兄さん？」

二人の名を呼ぶと、仏頂面で腕を組んでいたヤルドが鼻を鳴らして目を細めた。

「……随分と良い身分だな、ヴァン」

剣の打ち合う激しい音。照りつける陽《ひ》の光の下、男達《たち》が汗を流しながら鍛錬を重ねている。鍛え上げられた肉体の成人男性が本番さながらの真剣さで剣術の訓練をしているのだ。

その中には小さな背丈の者も多くいた。いずれ騎士になることを望まれる少年兵達である。大人と同様に過酷な訓練を繰り返す少年兵達は、その辺の無法者や傭兵《ようへい》などと真正面からやり合えるほどの実力を持つ。

十代前半の者が中心となる子供達の中にあって、更に一際小さな少年の姿もあった。

それが、現在の侯爵家内で密《ひそ》かに噂《うわさ》される存在である、ヴァン・ネイ・フェルティオだった。

「えい！」

ヴァンよりも頭一つ分背の高い少年が木製の剣を振り下ろしながら気勢を発する。その剣を斜め後方に下がりながら躱《かわ》し、横から相手の剣の腹を剣で打つ。横に振り払うような一撃だったが、両腕が伸び切った状態の相手はその衝撃を吸収出来ず、あっさりと剣を取り落としてしまった。

少年兵は痺《しび》れた手を胸に抱くようにして呻《うめ》き、ヴァンを見る。

「お、お見事です」

年下に負けたことに対する怒りや嫉妬など一切無く、純粋な驚きの目で少年はヴァンを称賛した。対して、ヴァンはその場で地面に座り込み、大きく息を吐く。

「疲れたー！　もう体力の限界！」

大きな声で弱音を吐くヴァンに、少年兵達が声を出して笑う。和やかな空気が流れる中、他の騎士と同様の訓練を共に行っていたディーが豪快に笑いながら歩いてきた。

「おお、そういえばもう一時間以上連続で試合をしておりましたな！　では、休憩がてらランニングを三十分してから続きをしましょう！」

「……それのどこが休憩なのか、説明を……」

死にそうな顔でヴァンが呟《つぶや》くと、ディーは肩を揺すって笑った。

「怪我《けが》をしませんからな！　わっはっはっは！」

その言葉に、ヴァンが遠い目をしながら「え？　休憩ってそうなの？　僕の常識が間違っていたってこと？」などとブツブツ呟いていたが、ディーは全く聞いていない。

そんないつもの訓練風景の中に、紺色の髪の背の高い男が紛れ込んだ。静かに集団の中に入ってきた男は、ディーの隣に立って地面に転がるヴァンを見下ろす。

「ディー殿」

「ぬおっ!?　驚かせるな、ストラダーレ！」

急に間近で話しかけられて、ディーが大声を出して驚き、文句を口にする。ストラダーレは素直に頷《うなず》き謝罪をした。

「驚かせてしまったなら申し訳ありません」

「わははは！　別に気にはしておらんぞ！　それに騎士団長になったというのにそんなに簡単に謝

るでない！」

ストラダーレの謝罪にディーが笑いながら返事をする。会話の内容に違和感があるのか、そのやり取りを聞いて訓練中の騎士達が苦笑した。つい先日、先代騎士団長の退任をもってストラダーレの新騎士団長就任が決まったのだが、騎士としてはディーの方がベテランであり、年上でもある。副騎士団長として実績もあるディーをストラダーレは尊敬していたし、ディーもストラダーレの実直さや小隊の指揮の上手《うま》さを認めていた。お互い良好な上下関係が続いていた為《ため》、ストラダーレの騎士団長就任の発表後も関係は大きく変化しなかったのだ。

ストラダーレはそれに違和感も持たず、地面に倒れたまま荒い呼吸を繰り返すヴァンを見て口を開く。

「ヴァン様が少年兵に勝利したと聞きましたが」

「おお、耳が早いな。三日前が初勝利だったというのに、今や二回に一回は勝てるようになったほどだ。ヴァン様の戦い方は力や間合いで負ける相手に工夫して戦うというやり方だが、通常の騎士が習う剣術よりも遥《はる》かに実践的である。是非見ておくと良い」

「なるほど。それは是非」

ディーの説明にストラダーレが頷き答える。

「いや、僕は今から三日間くらい休憩の予定だから……」

「おーい、ミラー！　今からヴァン様と試合だ！」

文句を言うヴァンの声が聞こえているのか、いないのか。ディーはヴァンと反対の方向を振り向いて少年兵の名を呼んだ。

名を呼ばれて、少年達の中でも少し大柄な一人が顔を上げた。

「え？　ぼ、僕ですか？」

驚いた様子でミラーと呼ばれた少年は聞き返す。身長や体格的には大人として扱って然《しか》るべき体《たい》軀《く》だ。まだ幼いヴァンの相手をしろと言われたら動揺するのも仕方がない。

それにはヴァンも抗議の声を上げた。

「無理だよ！　ミラー君って十四歳じゃなかった!?　確かつい先週誕生日だって聞いてお菓子プレゼントしたもん！　身長さだけでも凄《すご》いのに、年齢差もかなりのもんだよ！」

ヴァンが両手を振り上げて猛抗議すると、それを聞いた少年兵の一部が驚きの声を上げた。

「え!?　ヴァン様にお菓子もらったのか!?」

「まじかよ、ミラー！」

「ヴァン様、俺も誕生日がもうすぐきます！」

大騒ぎする少年達に、ディーが片手を振りながら怒鳴る。

「えーい、うるさい！　ほら、良いからミラーは前に出よ！」

ディーに言われて、ミラーが背筋を伸ばして前に出てきた。少年兵とはいえ、流石《さすが》に騎士団で剣を学んでいる少年達である。ディーが怒鳴ると即座に口を噤《つぐ》み、規律正しく整列していた。

しかし、ヴァンだけはまだ地面の上を転がって不平不満を述べていた。

「絶対無理だってばー！　僕が真剣を使っても負けるよー！」

ヴァンがそう叫ぶと、ミラーはどうしたら良いのかと助けを求めるようにディーを見た。それに呵々大笑《かかたいしょう》し、ディーが木剣を手渡す。

「これもヴァン様の作戦の内だ。油断せぬように気を付けるが良い」

「油断して良いからね？　手を抜いても怒らないから。何なら目を瞑《つぶ》って戦ってもらえるかな？」

二人にそんなことを言われて、結局ミラーはディーの指示に従うと決めた。木剣を油断なく構え、剣の先をヴァンへと向けて試合開始を待つ。

それを見て、ヴァンは嫌そうに顔を顰《しか》めながら立ち上がった。そして、同じように木剣を構えて深い溜《た》め息《いき》を吐《つ》く。

ストラダーレもディーの言葉は信用しているが、まさかヴァンがミラーとまともに戦えるとは思っていない。そもそも体格が大きく違う上に、剣士としての練度も遥かに劣っている。

ヴァンが格上を相手にどのように戦うか、それを見せようというのだろう。

ストラダーレはそう思っていた。

しかし、現実はそんなストラダーレの常識を軽々と超えてしまった。

「試合開始！」

ディーの合図に合わせて、二人は同時に動き出す。ミラーは一足飛びに接近、体格を生かす為に自分の間合いギリギリの距離で木剣を振り下ろし、ヴァンは木剣を頭の上に斜めに構えながら横に移動した。

まるで吸い込まれるかのようにヴァンの構えた木剣の刃の部分を、ミラーの振り下ろした木剣が当たって軌道が逸《そ》れていく。その優雅な斬撃の受け方は正に騎士らしい剣術だったが、ヴァンの動きはそれで終わりはしなかった。

そのまま防御の姿勢をとったまま前進。ミラーとの距離を潰して膝の裏を狙って蹴りを放った。力の無い子供の足であっても、狙う場所によっては簡単に相手のバランスを崩すことが出来る。

「っ……!?」

ミラーは油断していなかったが、それでも予想外の攻撃を受けて体勢が崩れた。そこへ、ヴァンの追撃が来る。

木剣を地面に対して平行に振った。ミラーの肩目掛けての攻撃だ。これにはミラーも表情を変えて防御の姿勢を取ろうとするが、間に合わずに肩を強打した。

「ぐ……!」

同じ体格ならば、あるいはその一撃で勝てていたかもしれない。だが、残念ながら幼い子供の腕力では相手の顔を顰めさせるのが精一杯だった。

肩を打たれたミラーは痛みを堪《こら》えながらも振り返りざまに木剣を振る。ヴァンは木剣の柄《つか》で受け止めたが、そのまま力ずくで薙《な》ぎ払われてしまった。

一回転して転がり、無様に地面に倒れ伏す。それを見ていた大人の騎士達が慌てて声を上げた。

「だ、大丈夫か!?」

「おい、ミラー!」

ヴァンを心配する声とミラーを叱責する声が同時に聞こえてくる。ミラーは不安そうな顔で倒れたヴァンのもとへ駆け寄った。

「だ、大丈夫ですか？」

ミラーがそう話しかけた途端、ヴァンは勢いよく起き上がり、怒り出した。

「ほら！　やっぱり勝てなかった！　ディーの鬼！　悪魔！」

あっさりと立ち上がって地団駄を踏むヴァン。それを見てディーは声を出して笑った。

「はっはっはっは！　いや、十分戦えておりましたぞ！　まぁ、体格差を覆すにはもう一歩でしたが」

ヴァンの文句をさらりと受け流して笑うディーだったが、ミラーはまだ不安そうにヴァンを見ている。それに気が付いたのか、ヴァンはミラーの背中を叩《たた》いて笑いかけた。

「肩、大丈夫？　お菓子あげるから次は手加減してね」

そんなことを言うヴァンに、ミラーはホッとしたように息を吐いて頷く。

「は、はい！」

二人のやり取りを見て、ストラダーレは目を僅かに開いて密かに驚いていた。

「……ヴァン様は夜中まで訓練を？」

単純に訓練時間が常軌を逸しているのではないか。ストラダーレはディーの性格を考えてそんな質問をするが、予想外にも否定の言葉が返ってくる。

「いや、それが困ったことにエスパーダ殿が勉強を教えておるのだ。それも通常の三倍ほどの量でな」

「……三倍？　それでは、剣術の訓練はそれほどしていないということですか」

「毎日三時間から四時間程度であろうな」

ディーの返事を聞き、ストラダーレは腕を組んで眉根を寄せる。その視線に気が付き、ヴァンは何も言われないようにそっと隠れるように移動し始めた。その様子を眺めつつ、ストラダーレはディーに質問を続ける。

「……ヴァン様は確かな剣の才がおありでしょう。もし可能であるならば、指揮官としての資質も見ておきたいところです」

「む？　話が分かるではないか」

ストラダーレの呟きにディーはニヤリと力強い笑みを浮かべた。ストラダーレは冷静に頷きつつ、徐々に遠くに移動するヴァンの背中を眺める。

「正直、驚きました。ご兄弟の誰よりも、などという次元ではありません。下手をすれば十年もすれば我々とて油断出来ないような実力になっているやもしれません。それに、何よりも冷静さが良い。知略に優れた冷静な指揮官は総じて優秀であることが多いと感じています。もし、ご当主以上の才があったなら、たとえ火の魔術師でなくとも侯爵家をより栄えさせることでしょう」

と、ストラダーレは饒舌《じょうぜつ》に語った。普段の寡黙なストラダーレを知っている者ならば、誰もが驚く姿だろう。もちろん、ディーも驚いて目を瞬かせた。

「ふ……わははは！　よし、二人でエスパーダ殿に意見を言いに行くか！　午前中と午後で分かれて教えれば両方の剣術、戦術を学ぶことが出来る。面白いぞ？」

ディーが嬉《うれ》しそうにそう告げると、ストラダーレはフッと息を吐くように笑う。

「それは面白そうですね。しかし、私はジャルパ様とともに領地内の視察に行かねばなりません。残念ですが、ヴァン様の成長を楽しみにさせていただきます」

ストラダーレが申し訳なさそうにそう告げると、ディーは面白くなさそうに深く溜め息を吐いた。

「ジャルパ様は騎士団長としての経験を積ませたいのだろうな。各街に常駐させている騎士団に知らしめるという意味もある。仕方があるまい」

ディーがつまらなそうにそう言うと、ストラダーレも残念そうに小さく息を吐く。ふと、ディーは何か思いついたような顔でストラダーレを見た。

「む。ならば、今日だけでも我らの模擬戦をヴァン様に見ていただくとするか」

「……模擬戦？　どのような形で？」

「五十人と五十人で陣取りでもするか」

そう言われて、ストラダーレは笑みを浮かべる。

「……面白い。後悔しますよ」

「はっはっは！　青二才めが！」

こうして、急遽《きゅうきょ》二人の指揮による模擬戦が決定した。逃げ損なったヴァンは勉強の為に全体が見える城壁の上から観戦することとなった。その隣にはアーブとロウの姿もある。

「ヴァン様、左側がストラダーレ様。右側がディー様です」

「五十人は少人数ですが、指揮の差が強く出ます」

「ふむふむ」

二人の解説を聞きながら、ヴァンは城壁の塀部分に両手を乗せて外の様子を眺めた。

城壁の外で街道から離れた地点。小さな川が流れており、地形は街道がある方面よりもかなり高低差のある形状をしている。

「ヴァン様なら、どのように戦いますか？」

興味深そうな表情でロウがそう尋ねた。それにヴァンは小さく唸《うな》りつつ、小川を指差す。

「そうだね。相手の行動を制限する川があるし、あれを利用したいなぁ。川を防御壁として使って、少数ずつ乗り越えてきたところを大勢で叩く、とか？」

ヴァンが答えると、アーブとロウは目を見開いて驚愕《きょうがく》した。

「……ヴァン様、何歳でしたっけ？」

「六歳！」

ヴァンが年齢を答えると、二人は顔を見合わせて目を瞬かせたのだった。

一方、ディーとストラダーレは開始の合図を待ち、見合っていた。

「……遅い」

馬の上で腕を組んで小さく呟くディー。ちらりと城壁の方を見上げると、ヴァンを挟んでアーブとロウが何か話しているように見えた。

「雑談をしていて忘れておるのではあるまいな」

不機嫌そうにそう口にした直後、アーブが城壁の上で慌てたように鐘を鳴らした。戦いの開始には相応《ふさわ》しくない、綺麗《きれい》な鐘の音だ。

だが、その音を聞いた瞬間、ディーは口の端を上げた。

「よぉし……！　我らの力を見せてくれようぞ！　さぁ、続けぃ！」

腹に響くような声を上げて、ディーは走り出した。向かうは丘の上。地の利を得る為の前進だ。

一方、ストラダーレは兵を左右に分ける。二つの部隊となり、左右から挟撃するつもりだろう。

それを見て、ディーは笑みを更に深めた。

「なんだ？　盗賊やらの相手をし過ぎて感覚が鈍ったか？　こんな少人数を二つに分ければ片方ずつ撃破されるぞ」

ディーは移動しながらブツブツと一人で呟く。

「誘いか？　ならば、敢《あ》えて乗ってやるのも面白い」

そう言ってから、ディーは後ろを振り返った。

「丘の上で方陣を組むつもりであったが、止《や》めだ！　あえて敵の思惑に乗ってやるぞ！　左手に向かう半数を狙う！　全力で叩き潰せ！」

歯を見せて笑いながらディーが怒鳴ると、後方の兵達からも怒鳴り声のような掛け声が返ってきた。

「わっはっはっは！　さぁ、どう出る！　ストラダーレ！」

まるで巨大な剣になったかのようにディーを含む五十人が一丸となって突撃する。これに、ストラダーレは表情一つ変えずに指示を出す。

「予想通り、ディー殿が乗ってきたか。二班！　更に三つに分かれて逃走開始！　我らは敵の後方を取る！」

遠目から味方に逃げるように指示を出しつつ、ストラダーレは自らの率いる二十五名を反転させた。

斜め後ろから切り込むような形で攻撃に向かう。一方向に向いた部隊は後方からの攻撃に弱い。また、反転して陣を整える時間も足りないだろう。

これはストラダーレの作戦勝ちか。ヴァンも城壁の上から眺めながら、そう思った。

しかし、ディーは横目でストラダーレの動向を窺《うかが》い、すぐに鼻を鳴らして笑う。

「五十点だ、ストラダーレ！　それはもっと大人数での戦いに向いた策である！」

ストラダーレの戦法を軽く品評して、再び自らの兵達に指示を出すべく口を開いた。

「速度を落とさずに一人だけ斬れ！　当たっても当たらなくても良い！　その後は全速力で大回りだ！　振り落とされるでないぞ！」

ディーはそれだけ言って、一番に敵部隊の背を叩いた。木剣での模擬戦の為、頭か胴体に剣を受けたら死亡という判定だが、ディーが木剣を振り上げると騎士達は必死な形相で逃げ回る。

「馬の扱いがまだまだである！」

笑いながらディーが一人の背中を叩くと、鎧《よろい》を着た騎士が仰《の》け反って落馬し、それを皆が慌てて避けていく。

その勢いに乗って、ディーの部隊は十人以上を退場させて右側へと移動を開始した。ストラダーレの一団は全速力で走っていた分、後方からとまではいかずとも横っ腹に喰《く》いつく形で突入することが出来た。

「数は少なくとも、我らの方が有利だ！　隙を突いて斬れ！」

「応戦だ！　下手に逃げれば後ろから斬られるぞ！　前の者が斬られたら即座に後方から援護せよ！」

お互いの指揮の声が聞こえる中での接近戦となる。馬を操りながらとは思えない動きで、移動しながら打ち合いが続く。ストラダーレの部隊はがっちりと守備に強い形で戦い、ディーの部隊は柔軟にストラダーレの部隊を包み込む形に変化していた。

ディーはストラダーレが動けないように間髪容《い》れず攻め続ける。対してストラダーレは隙を見つけようと守り方を変えたりはしているが、徐々にディーの部隊が複数方向からの攻めに転じていき、単純に同数での戦いも出来なくなっていく。やがてストラダーレ側の人数が減ってくると、その差は顕著になっていった。一人で二人を相手していた人が味方の数が減ったことで三人を相手にしなくてはいけなくなる。そうなると、もはや決着はついたようなものだった。

「……参りました」

ストラダーレがそう告げると、ディーは全体に向けて声を上げる。

「それまで！　勝負ありだ！」

その号令に、それまで争っていた騎士達はやっと終わったと言わんばかりにその場に座り込んだ。

「……流石ですね」

ストラダーレは少し悔しそうにしつつ、素直にディーを賞賛する。

「わっはっはっは！　まだまだ負けんぞ、と言いたいところだが、騎兵のみの野戦など限定的過ぎるからな。本当の指揮の腕前なぞ、最低でも魔術師を含めて千人以上の兵を使って戦わねば分からん。ストラダーレよ。侯爵家の騎士団を預かるならば、万の兵の運用を意識せよ」

ディーが珍しく真面目にそんな助言をすると、ストラダーレはフッと息を漏らすように微笑《ほほえ》んだ。

「……肝に銘じておきます」

ストラダーレがそう答え、ディーは噴き出して笑い出す。

「生真面目な奴《やつ》め！」

そんなやり取りをして、二人は仲良く笑っていた。

ヴァンは城壁の上からその様子を眺めて、釣られるように笑う。

「良い騎士団だねぇ、本当に」

番外編 ✿ 過去のティルとエスパーダ

ヴァンが八歳になった時のこと。緘口令《かんこうれい》は敷かれたが、それでもヴァンが城を追放されるという噂《うわさ》は城内に広まっていた。

「ヴァン様が……？」

「どう考えても次の当主はヴァン様だと従者会議でも決まりましたよね？」

「いえ、それは非公式の会議だから……」

ひそひそと城内ではそんな会話が囁《ささや》かれていた。それを耳にした執事長であるエスパーダは、普段通りの無表情である場所へ向かった。

城内でもっとも噂が飛び交う場所、厨房《ちゅうぼう》である。

「だって、それは……あ、エスパーダ様」

「え？」

明らかに調理を行うにしては人数が多すぎるメイド達《たち》の一人がエスパーダに気が付き、皆が慌てて噂話を止《や》めて振り返った。それにエスパーダは小さく溜《た》め息《いき》を吐《つ》き、一言注意を口にする。

「……雑談をするなとは言わないが、業務を終えてからするように」

「は、はい！」

「すみません！」

若いメイド達はエスパーダの言葉に背筋を伸ばして軍人のようにハキハキと答えた。そんな中、一番奥にいた一際若いメイドが真剣な目で口を開く。

「あ、あの、エスパーダ様……！」

名を呼ばれて、エスパーダは視線だけでメイドを見下ろす。

「何か聞きたいことでも？　ティル」

聞き返すと、ティルは眉根を寄せて頷《うなず》いた。

「……ヴァン様が、四元素魔術の適性が無かったから追い出されてしまうというのは、本当ですか？」

ティルが質問すると、エスパーダはもう一度溜め息を吐く。

「……ふむ。それはご当主様にしか分かりません。魔術の適性が原因なのか、それとも他にも何か理由があったのか。もしかしたら、有力な後継者候補として試練を与えるつもりなのかもしれません」

そう答えながらも、エスパーダはジャルパがヴァンの魔術適性を知ったから追い出すのだと理解していた。長年ジャルパを見てきたからこその精度の高い分析だ。だからこそ、エスパーダはヴァンが城を出ていくことを惜しんだ。

理由が別のことであればまだ納得出来たかもしれないが、エスパーダにとってヴァンの素質、才能は類を見ないものと思っていたからだ。驚くほどに知識を吸収して自分のものにしていくヴァンに、義務としての教師役以上の熱意を持って勉学を教えてきた。そんな気持ちがあるからこそ、エスパーダはヴァンの成長した姿を見ることが出来なくなると思い、悲しい気持ちになっていた。

そして、それはティルも同様である。だから、ようやく一人前のメイドになったばかりのティルに多少失礼な物言いをされたとしても、同じ感情を持つ同士として腹が立つようなことはなかった。

「エスパーダ様。ヴァン様はまだ八歳になったばかりです。ジャルパ様は、ヴァン様のお供はどのようにお考えなのでしょう？」

「……直接聞いたわけではないが、今のところ騎士団の人員を割くことはしないようだ」

低い声でエスパーダが答えると、メイド達が一斉に悲鳴にも似た声を上げた。

「そんな……！」

「この街の中ならともかく、外に出るのに騎士の一人も付けないなんて……！」

信じられないと口々に言うメイド達に、エスパーダは首を左右に振る。

「ジャルパ様に雇われている身で、批判するようなことを口にしてはいけない。もちろん、ヴァン様の身を案じるゆえだろうが……」

どこか悲しそうにエスパーダがそう告げると、皆もしんみりとした空気になった。執事やメイドの多くは外を知らない者が多い。下手をしたら街を出たことのない者すらいるほどだ。だからこそ、幼いヴァンが未知の世界へ放り出されるような気持ちになり、悲観的な感情を抱く者が大半だった。

そんな中で、ティルはまるで戦場に赴く戦士のような緊張感のある顔つきで口を開く。

「……従者会議です！　緊急従者会議を開きます！」

ティルがそう言うと、二十歳前後に見えるメイドが驚いたような顔になる。

「え？　貴女《あなた》にはまだその権利は無いでしょう？　下手したらこっぴどく怒られますよ？」

「関係ありません。こんな決定、納得出来ません」

普段温厚なティルが珍しく怒りを露《あら》わにして自らの意見を貫く。その様子を見て、エスパーダは静かに頷いた。

「……それでは、私が従者会議を開くとしよう」

「え!?」

「エスパーダ様が!?」

エスパーダの一言に、皆が驚愕《きょうがく》に目を見開く。それは最初に提案したティルも同様だ。皆の視線を集める中、エスパーダは無表情に返事をした。

「何か、問題でも？」

エスパーダが尋ねると、皆は大きく首を左右に振ったのだった。

その日の夜。主人達の夕食と湯浴《ゆあ》みが終わってから、密《ひそ》かに誰もいない食堂で従者会議が開催された。執事はエスパーダを含め五名。メイドは何と二十五名が集まった。城内での見回りや雑務、主人達に付く者もいる為《ため》、集まれる最大の人数が揃《そろ》った形だ。

従者会議は密かに行われることもあり、人数はせいぜい十名程度が普通である。それを考えると過去に類を見ない大人数での開催だ。それもひとえに、開催を提案したのがエスパーダだった故だろう。

普段なら多少の飲食を交えて会議をしようという不良従者がいるものだが、エスパーダが椅子に座っているせいか妙に緊張感のある空気が室内に漂っていた。

「……今日は、よく集まってくれた」

エスパーダが一言そう発すると、中年のメイドが柔らかい微笑をたたえて口を開く。

「いえいえ、これまで一切こういったことには参加されていなかったエスパーダ様が招集したのですもの。私もあまり参加してこられなかったのだけれど、自然と足が向いてしまいました」

上品にそう言って笑うメイドに、同じくらいの年齢の執事が鼻の下に生やした髭《ひげ》を撫《な》でつけながら頷いた。

「まさに、その通り。いったい、今回の会議の議題は何なのか……気になりますな」

落ち着いた様子でメイドの言葉尻に乗る執事。それに、同じくテーブルにつく若い執事やメイド達が何度も頷いた。ただ、エスパーダと丁度対角線上にいるティル達は真剣な顔で座るのみである。

皆から注目を集めていることを確認して、エスパーダはゆっくりと答えた。

「……皆も知っているだろうが、ヴァン様のことについてだ」

エスパーダがそう告げると、皆の表情が目に見えて変わる。

「ヴァン様が、城をお出になるという話ですな」

「自ら出るような言い方はしないでください」

「そうですよ。ヴァン様はまだまだ城内で色々なことを学ぶべきです。身体《からだ》も大きくなられていないのに、あまりにも早過ぎます」

エスパーダが議題を口にした瞬間、皆が次々にしゃべり始めた。若いメイドの中には涙目になって訴える者もいる。その意見を一つ一つじっくりと聞き、エスパーダが口を開いた。

「……私も、ヴァン様の成長をこの目で見ていたかった一人だ」

何人かがまだ口を開いている中で呟《つぶや》かれた一言だったが、その声は何故《なぜ》かよく通った。皆がしんと静まり返ってエスパーダを見る。

「……確かに、エスパーダ様が珍しく楽しそうに勉強を教えておいででしたね」

「空いた時間に次に教えることを考えていらっしゃる時は夢中で本を読んでいましたし……」

「ヴァン様の聡明《そうめい》さは目を見張るものがありますからな」

そんな声を聞き、若いメイドの一人が笑顔で同意しつつ、自身の意見を口にする。

「ヴァン様はとても賢く、剣についても真面目に努力されています。しかし、何よりも素晴らしいことは誰よりもお優しいことです。ムルシア様もお優しいですが、ヴァン様ほど気さくにはお話ししてもらえません。いえ、貴族のご子息なのだから、ヴァン様のような方が珍しいということは知っていますが……」

あまりまとまりのない言葉だったが、それでも皆には伝わったらしく、口々に同意の声が聞こえてくる。

「そうですよね」

「ヴァン様がご当主になってもらえたら……」

「……不敬なことを言ってはいけませんよ」

段々と従者会議に熱が入ってきたのか、多少過激な発言も目立つようになってきた。その空気がきっかけになったのか、ティルが意を決したように声を発した。

「……私は、もし出来るならヴァン様の従者としてお供したいと思っています」

ティルがそう口にすると、中年の執事が僅かに眉根を寄せる。

「それは、ジャルパ様がお決めになることではないかな」

執事のその言葉に、何人かが頷き、何人かが顔を顰《しか》めた。どちらかというならば、ティルの意見に賛同する者の方が多いようである。皆の反応を眺めつつ、中年のメイドが微笑《ほほえ》みを浮かべたまま肩を竦《すく》めた。

「……もし、ジャルパ様がヴァン様のお供を誰一人付けない、そう決定をされた場合、私もヴァン様に付いていこうと思います。たとえ、侯爵家の従者ではなくなったとしても」

ティルがそう口にすると、ざわめきが広がった。

「ティル。領地持ちの上級貴族の本城で働ける幸運の価値を知らないわけではないよね？」

若い執事が心配そうに尋ねる。それに、ティルは黙って頷いた。

「単純に従者としての給金の良さだけではない。その辺りの町の名士と同等以上の地位と見られるのだ。特に、エスパーダ様のように従者を束ねる存在にまでなれば、下手をしたら下級貴族からも畏敬の目で見られる」

「……それは言い過ぎだろう」

中年の執事がエスパーダの名を出すと、エスパーダ本人が否定の言葉を口にした。

「いやいや、セブール男爵が来られた時、エスパーダ様に敬語を使われていましたよ」

「エスパーダ様に引退後は我が家に来ないか、と聞かれてましたよね」

「え？　それは本当ですか？　勧誘なんて凄《すご》いことですよ！　間違いなく執事以上の待遇じゃないですか」

にわかに盛り上がる従者達。しかし、ティルは首を左右に振って口を開いた。

「お給金も、地位もいりません！　私は、ヴァン様に付いていきたいだけです！」

感情が昂《たかぶ》ってしまったのか、ティルは涙さえ浮かべて声を荒げた。その様子に驚く一同だったが、エスパーダだけは表情を変えずにティルの言葉に答える。

「……ヴァン様がお可哀想《かわいそう》だから、という理由だけではないかね」

エスパーダがそう聞き返すと、ティルはぐっと口を噤《つぐ》んだ。それを見て、エスパーダは浅く溜め息を吐く。

「……それを責めるわけではないが、もし生半可な覚悟での言葉なら……」

「そ、そんなことはありません！」

エスパーダのセリフを遮り、ティルが否定する。その行動は誰の目から見ても失礼なものだったが、エスパーダは何も言わなかった。

「……分かった。道中に賊に襲われたならヴァン様を庇《かば》って命を落とし、食料が数少なければヴァン様に食べていただき餓死する覚悟はあるということだな」

「はい！」

エスパーダの最後の問いに、全く迷う素振りも見せずにティルは即答する。これにはエスパーダの方が目を僅かに見開く結果となった。

そのティルの返事に勢いづいたのか、他のメイド達の中からもティルの後に続くような声が聞こえ始める。

「わ、私も、ヴァン様に付いていきます！」

「私も……！」

気が付けば十人近くのメイドが名乗りを上げていた。そして、若い執事も一人、手を挙げている。

それには中年の執事やメイド達が呆《あき》れたような顔をして口を開く。

「お、おいおい。あまりにも簡単に考えていないか？　ジャルパ様は寛大なお方だが、そのように大勢が従者にしていただいた恩を忘れて出ていってしまっては、何かしらの報復があっても仕方がないと思うがね」

「ジャルパ様は今代で伯爵から侯爵へとなられた凄い方ですよ？　もし、ジャルパ様のご不興を買ってしまったら……」

ティル達に反対するような意見を口にする数名。それに、エスパーダが軽く頷いて応えた。

「確かに、その通り。それでは、私からジャルパ様へお世話係を推挙するとしよう。話し合い、一人を選出するように」

エスパーダがそう告げると、ティルが真っ先に立ち上がって手を挙げた。

「はい！」

一番に立候補したが、ティルの挙手は皆が分かっていたことなので特に大きなリアクションも無かった。そして、他にも執事が一名とメイドが七名挙手している。

「ふむ……それでは、どう決める？」

エスパーダが尋ねると、挙手をしていた若い執事が口を開く。

「ヴァン様のお供に騎士が付けられないとすると、最低限の強さが必要です。ここは、男である私が……」

執事がそう言うと、メイド達から抗議の声が上がる。

「戦闘訓練をしていないなら男女は関係ありません！」

「それよりも、騎士が派遣されないならヴァン様を守る為に傭兵《ようへい》か冒険者を雇うべきです！」

激しい反論に合い、執事はがっくりと肩を落としてしまう。それを横目に、エスパーダが顎を引いた。

「傭兵を雇う為の資金は私が用意しよう。今は、必ずヴァン様に忠誠を誓う従者を選ぶことが重要だ」

「……エ、エスパーダ様が私財を投じるのですか？　しかし、それにしても、忠誠を比べることなど出来ないのでは？」

執事が疑問を呈すると、エスパーダも思案するように口を閉じた。すると、ティルが再び口を開く。

「あ、あの……！　ヴァン様のことを問題にしたクイズとかはどうでしょう？　ヴァン様のことを想《おも》って真剣にお世話をした従者なら、簡単に答えられるかと思います」

ティルの提案に、周りは顔を見合わせる。

「それは、一番長く傍《そば》でお世話をしてきたティルが有利では？」

そんな声が上がったが、エスパーダはティルの意見を肯定した。

「確かに、命を懸けて忠誠を誓う相手のことは深く知っていて当たり前かもしれない。私としては、異論は無いが」

エスパーダがそう言えば、文句など言えるはずもない。二、三やり取りはしたが、程なくしてヴァンを主題にしたクイズ大会の開催が決定した。

公平性を保つ為、出題者は毎回変わり全二十五問の対決となった。その第一問はエスパーダである。

「……それでは、始める。第一問、ヴァン様の勉学における得意科目は？」

エスパーダが出題すると、皆が顔を見合わせる。そして、その内の一人が口を開いた。

「……ヴァン様は神童と呼ばれた方です。全て得意科目なのでは？」

一人のメイドがそう尋ねると、エスパーダは首を左右に振る。

「ヴァン様は確かに神童と呼べるほどの才能をお持ちだ。だが、それは驚くような発想力と知識の吸収力に関してだと思っている。つまり、最初から全ての知識を有しているわけではない」

エスパーダのその言葉に、ティルが頷いて答えた。

「その通りです。私もヴァン様が二歳の時から様々な問いかけに答えてきました。それこそ、この国の地名といった基本的なこともそうです。しかし、ヴァン様は計算だけは最初から知っていたかのようにお答えになられました。だから、得意な科目は計算、だと思います」

「正解」

ティルの言葉を最後まで聞き、エスパーダは深く頷く。第一問の内容と結果を聞いて、周りの従者は表情を曇らせる。

「で、では、次は私が出題します！　ヴァン様の、好きな食べ物は!?」

「お菓子！」

第二問は若いメイドが一番に答えた。だが、そこでもティルが挙手をする。

「ヴァン様の好きな物はお菓子、お肉類。飲み物はお茶類。嫌いなものは緑色の野菜。確かにお菓子が一番好きですが、最も好きな物と言われたら焼き菓子だと思います。特に、バターを多く使った焼き菓子が好みです」

ティルがそう答えると、エスパーダが頷く。

「正解。二人に一点与える」

先に答えた人物と、最も詳しい解答をした人物の二名に得点が入ったが、誰もがティルの実力に驚愕していた。そこからは、誰もがティルの解答に注目しながらクイズ大会が進むことになる。

「靴のサイズは二十センチ」

「間違いありません。ヴァン様は少し足の甲が広いので、専用の木型を用いて作製しています。昨年は十八センチでしたので、半年に一回は新しい木型を作って靴を作製しています」

「体重は、二十……五キログラム！」

「二十六キログラムと半分です。ご本人も気にされていましたが、同年代の人よりも小柄です。しかし、最近は身長の伸びが良くなってきたので、きちんと成長されると思います」

他の者が答える度に更に詳細な補足説明を加えていくティル。かなりしっかり答えている為、クイズ大会はティルの独壇場となっている。

その状況を打破すべく、二十代後半のメイドが挙手をして意見を口にした。

「ちょ、ちょっと待ってください。やはり、この決め方ではあまりにも……別の方法はないでしょうか？」

「ふむ」

メイドの意見に、エスパーダは自らの顎を撫でる。

「確かに。それでは、三本勝負に変更して、二本目は従者としてのスキルを競うこととする。ヴァン様にお仕えするならば、必須の技術だ」

エスパーダのその言葉に、皆が納得して頷く。もう勝利目前だったティルは若干不服そうだが、文句は言わなかった。

「まずは、お茶《ちゃ》淹れからだ」

「はい！」

エスパーダがお題目を発表すると、皆は一斉にお茶を淹れ始める。長年従者として腕を磨いてきた者達だけに、その手際は目を見張るものがあった。

「負けません！　私だって、専属メイドとして毎日頑張ってきました！」

ティルも自信をもって自らの実力を示さんと動き出す。

「お茶淹れ、湯浴みの準備。衣服の着替えや武具の手入れ。部屋の清掃と寝具や家具の手入れ……」

エスパーダは次々に従者としての技術を競わせた。結果、皆がそれぞれの得意分野で得点を取り、大接戦となる。

「……それまで。従者のスキル対決は」

合計二十戦近い対決を終えて、得点の集計をしたエスパーダ。候補者九名を眺めてから、口を開く。

「一位、ケイ。二位、マーン」

エスパーダが結果を発表すると、名を呼ばれた二十代後半のメイドと若い執事が歓声を上げた。

一方、六位に終わったティルはがっくりと項垂《うなだ》れる。その様子を横目に、エスパーダは最後の種目を発表する。

「……最後は、旅路に必須のスキルだ。今後、ヴァン様は長い旅路につくはずだ。その補助をすることは、命を守ることと同義。心して受けよ」

「は、はい……！」

エスパーダが低い声で最後の種目について述べると、候補者達の顔が引き締まった。

それを確認してから、エスパーダは出題を始める。

「……まずは、野営の基礎からだ。テント、火起こし、魔獣への警戒方法。次は馬車の基礎知識だ。

他にも……」

次々に出題するエスパーダだったが、それらの知識は通常の従者としてのものではなく、大半の者が知識として持ち得ないものばかりだった。

かろうじて、一人だけが幾つか答えることが出来ている。

「火は、さ、酸素と可燃物に、熱を加えます！　なので、火打石を使って、細かな木の破片などを使って火を起こせると……」

「正解」

ティルが不安そうにしながらも三つ、四つと正解を重ねていく。それを見て、若い執事が驚きの声を上げた。

「ふ、不正ではないのか？　何故、城から出ないメイドの身でそんな知識を……？」

その疑問に、ティルは胸を張って口を開く。

「ヴァン様に教えていただきました！　特に、キャンプファイアーとバーベキューは男の浪漫《ろまん》、だと……！」

ティルの言葉に、エスパーダは小さく頷いた。

「……結果として、最後の対決もティルの勝ちだ」

そう告げると、ティルは両手を振り上げて喜びの声を上げる。

「やったーっ！」

ティルは大喜びで飛び跳ね、周りの候補者達は苦笑しつつ拍手で祝福する。

「おめでとう。お見事だ」

「素晴らしいわね、ティル」

ベテランの執事やメイドもティルの頑張りを認めて拍手を贈る。そんな中、エスパーダは静かに思案し、一人呟く。

「……ティルは頑張ってはいるが、やはり不安はある。特に、旅路や新たな地での生活。これは、私も同行するべきか」

エスパーダの言葉は小さく、誰にも聞こえていなかった。

あとがき

この度は本作を手に取っていただき、誠にありがとうございます。赤池宗です。６巻がついに発売となり、原稿を書く合間に小躍りをしながら過ごしてきました。わたくしが小躍りすることが出来るのも、この本を手に取ってくださった皆様のお陰です。本当にありがとうございます。

あ、そういえば、前巻のあとがきで東京ディズニーランドへ行ってくると宣言していたことを思い出しました。取材旅行も兼ねておりましたので、しっかりアトラクションやパークの造りなども観察しています。ちなみに好きなアトラクションは美女と野獣〝魔法のものがたり〟、プーさんのハニーハント、マジックランプシアター、ミッキーのフィルハーマジックです。初めて乗ったインディ・ジョーンズ®・アドベンチャー：クリスタルスカルの魔宮やカリブの海賊もとっても面白かったですね。

どのアトラクションもストーリー性があり、それぞれのアトラクションがあるエリアはその世界観に沿った造りになっています。子供の頃見ていたアラジンのエリア（アラビアンコースト）が一番好きでしたが、トイレの表記までプリンスとプリンセスに！

徹底した景観造りは何と非常口表示や消火設備なども気にならなくしているほど……驚愕《きょうがく》ですね。インターネットで調べたところ、きちんと何かあった時には見えやすくなるようですが、全く気が付きませんでした。

そういった景観、雰囲気の大切さをきちんと生かしつつ、今回の６巻では新たな舞台が書かれております。裏話として、今回の話でフェルティィオ侯爵家の持つ領土内での最重要拠点を全てヴァンが防衛した、という設定があります。頑固で自尊心の高かった父、ジャルパもこの功績を切っ掛けにヴァンを認めざるを得なくなったでしょう。

さぁ、まさに向かうところ敵なしになったヴァン君。そんな流れの中で、ヴァン君が選択したのは最もヴァン君らしい方針でした。

キャラクターが増えてしまった為《ため》、一部キャラクターが目立てないという反省点はありましたが、それでもヴァン君らしさは存分に発揮できたと思っております。さぁ、6巻のどこに取材旅行の成果が盛り込まれているのか！　是非、本作を熟読してご確認ください。可能なら小説、コミック版の全巻を購入して一から確認してもらえると作者が小躍りいたします。

それでは、最後にお世話になっている皆様にお礼をさせていただきたいと思います。いつも相談に乗ってくださり、文章をまとめてくださっている担当のH様。作者の趣味全開で書かれた本作を出版してくださるオーバーラップ様。校正でお世話になっている鷗来堂《おうらいどう》様。素晴らしいイラストで作品に彩りを与えてくださる転様。さらに、コミカライズ版でお気楽領主の世界に新たな命を吹き込んでくださっている青色まろ様。そして、最後にこの作品を手に取ってくださった皆様。本当に、本当にありがとうございます。皆様へ、心からの感謝を送らせていただきます。

お気楽領主の楽しい領地防衛 6
～生産系魔術で名もなき村を最強の城塞都市に～

発行　2024年3月25日　初版第一刷発行

著者　赤池 宗
イラスト　転
発行者　永田勝治
発行所　株式会社オーバーラップ
〒141-0031
東京都品川区西五反田8-1-5
校正・DTP　株式会社鷗来堂
印刷・製本　大日本印刷株式会社

ISBN 978-4-8240-0765-0 C0093

【オーバーラップ　カスタマーサポート】
電話　03-6219-0850
受付時間　10時～18時（土日祝日をのぞく）

作品のご感想、ファンレターをお待ちしています

あて先：〒141-0031　東京都品川区西五反田8-1-5 五反田光和ビル4階　ライトノベル編集部
「赤池 宗」先生係／「転」先生係

OVERLAP NOVELS
異世界でスロ～ライフを願望
いせかいですろーらいふを（がんぼう）
I have a slow living in different world
（I wish）
シゲ［Shige］
イラスト：オウカ［Ouka］
スローライフのカギは、美少女奴隷と『お小遣い《固有スキル》』!?
シリーズ絶賛発売中！
忍宮一樹は女神によって、ユニークスキル『お小遣い』を手にし、異世界転生を果たした。
「これで、働かなくても女の子と仲良く暮らしていける！」
そんな期待はあっさりと打ち砕かれる。巨大な虫に襲われ、ギルドとの諍いが勃発し――どうなる、異世界ライフ!?

異世界で土地を買って農場を作ろう
Let's buy the land and cultivate in different world
最強の《至高の担い手《ギフト》》でラクラク農場開拓ライフ!
人魚やドラゴンの美少女と送る
賑やかスローライフ!
岡沢六十四
イラスト:村上ゆいち
異世界へ召喚されたキダンが授かったのは、《ギフト》と呼ばれる、能力を極限以上に引き出す力。キダンは《ギフト》を駆使し、悠々自適に異世界の土地を開拓して過ごしていた。そんな中、海で釣りをしていたところ、人魚の美少女・プラティが釣れてしまい——!?
OVERLAP NOVELS

Lv 2 から
Chillin Different World Life of the EX-Brave Candidate was Cheat from Lv 2
チートだった元勇者候補のまったり異世界ライフ
Story by Miya Kinojo
鬼ノ城ミヤ
Illustrations by 片桐
シリーズ好評発売中!
型破りな無敵夫妻の異世界ファンタジー!
OVERLAP NOVELS

第12回オーバーラップ文庫大賞
原稿募集中！
イラスト：じゃいあん
【締め切り】
第1ターン 2024年6月末日
第2ターン 2024年12月末日
各ターンの締め切り後4ヶ月以内に佳作を発表。通期で佳作に選出された作品の中から、「大賞」、「金賞」、「銀賞」を選出します。
その物語は、
きっと誰かが
好きな物語。
【賞金】
大賞…300万円
（3巻刊行確約＋コミカライズ確約）
金賞……100万円
（3巻刊行確約）
銀賞……30万円
（2巻刊行確約）
佳作……10万円
投稿はオンラインで！ 結果も評価シートもサイトをチェック！
https://over-lap.co.jp/bunko/award/
〈オーバーラップ文庫大賞オンライン〉
※最新情報および応募詳細については上記サイトをご覧ください。
※紙での応募受付は行っておりません。